SV

In den niederländischen Bergen

»Woher haben wir die Geschichte?«
»Willst du es wissen?«
»Wir haben sie aus der Tonne,
aus der mit dem alten Papier.«

Hans Christian Andersen
aus ›Tante Zahnweh‹

I

Es war einmal eine Zeit, von der manch einer glaubt, sie währe noch immer. In jener Zeit waren die Niederlande viel größer als heute. Andere leugnen das, und wieder andere behaupten, jene Zeit habe zwar existiert, sei aber längst vorbei. Wenn das so sein sollte, dann weiß ich davon nichts. Ich für mein Teil kann berichten, daß ich mit eigenen Augen die niederländische Fahne auf den höchsten Pässen Europas habe flattern sehen. Der Norden lag da zwar immer noch in Dokkum, Rodeschool und Pieterburen, die Südgrenze jedoch war, selbst mit dem Auto, viele Tagereisen von Amsterdam und Den Haag entfernt.

Obwohl ich selbst kein Niederländer bin, weiß ich das alles noch sehr genau und habe nicht die Absicht, dies zu verschweigen. Mein Name ist Alfonso Tiburón de Mendoza, ich bin Straßenbauinspektor der spanischen Provinz Zaragoza, eines Teils des früheren Königreiches Aragón. In meiner Freizeit schreibe ich Bücher.

Einen Teil meiner Studienzeit verbrachte ich in Delft, wo ich mit Hilfe eines Stipendiums Straßen- und Wasserbau studierte. Und ich sage wohl am besten gleich, daß mir die Nördlichen Niederlande immer Angst eingejagt haben, eine ANGST, die in Großbuchstaben geschrieben werden müßte, als handele es sich, wie in der frühen Lehre der Naturphilosophen, um eines der Grundelemente, so wie Wasser und Feuer, aus denen

das irdische Leben entstanden ist. Zu diesen Großbuchstaben gehört das Gefühl, von einem schwarzen Schacht umgeben zu werden, aus dem man so leicht nicht entkommt.
Was dieses Gefühl bei mir hervorrief, ist mir nicht klar, es lag aber sowohl an der Landschaft als an den Menschen. Die Nördliche Landschaft hat wie die Wüste etwas Absolutes. Nur ist die Wüste in diesem Fall grün und voller Gewässer. Sonst aber gibt es keine Versuchungen, Rundungen oder Wölbungen. Das Land ist flach, was zu einer extremen Sichtbarkeit der Menschen führt, und dies wiederum wird in deren Verhalten sichtbar.
Niederländer gehen nicht miteinander um, sie begegnen einander. Sie bohren ihre hellen, leuchtenden Blicke in die Augen des anderen und prüfen seine Seele. Es gibt keinerlei Schlupfwinkel. Auch ihre Häuser sind es nicht. Sie machen ihre Vorhänge nicht zu und halten dies für eine Tugend. Ich hatte mir die Mühe gemacht, ihre eigenartige Sprache zu erlernen, die zum Teil aus harten Lauten besteht, bei denen der Gebrauch des oberen Kehlkopfes eine große Rolle spielt. Das ist, wie mir scheint, eine Folge der rauhen Lebensbedingungen – Deichbrüche, Ostwind und vereiste Flüsse –, mit denen sie sich früher herumschlagen mußten.
Schon bald merkte ich, daß man es als lästige Anbiederung empfand, wenn ein Ausländer die Landessprache beherrschte, und man sich mit mir lieber in einer anderen, dritten Sprache unterhielt. Den Grund für diese Einstellung habe ich nie so ganz verstanden, doch ich glaube, es handelt sich dabei um eine Mischung aus Scham und Gleichgültigkeit.

Wie dem auch sei, im Norden ihres Landes habe ich mich nie ganz wohl gefühlt – im Gegenteil, ich lebte immer erst dann wieder auf, wenn ich nach Hause fuhr oder wenn ich, durchs Rheinland fahrend, in der Ferne die ersten verschwommenen bläulichen Umrisse der Berge erkannte, die den kühlen flachen Norden von der bei weitem wilderen Gegend trennen, welche die Niederländer die Südlichen Niederlande nennen. Und ich fühlte mich dort wohl, obgleich ich die Dialekte, die südlich der Hohen Pässe gesprochen wurden, kaum verstehen konnte, und die dunklen, auch etwas kleineren Menschen, die dort wohnten, keine Ähnlichkeit mit ihren weitaus aufgeklärteren Landsleuten aus den nördlichen Provinzen besaßen. Das Leben war dort weniger geregelt, und obwohl die Zentralverwaltung des Königreiches bemüht war, auch dort alles im Griff zu haben, gelang das wegen der großen Entfernungen, des unabhängigen Wesens der Bewohner und ihrer natürlichen Opposition gegen die Obrigkeit nur mäßig. Im Norden betrachtete man sie als Bürger zweiter Klasse, die, öffentlich oder nicht, wegen ihres Akzentes verspottet und meist nur für niedrige Arbeiten herangezogen wurden, die sie angesichts ihrer Armut akzeptierten. So etwas schmerzt.

Umgekehrt fühlten sich die meisten Nord-Niederländer – von einigen Künstlern abgesehen – im fernen Süden ebenso unglücklich. Die Verwaltungsbeamten blieben unter sich, sprachen vom »dunklen Süden«, von Barbaren und Korruption, von »dumm« und »unregierbar«, und da sie an die eigene erdrückende Übervölkerung mit der dazugehörigen sozialen Kontrolle gewöhnt waren, fühlten sie sich einsam und hatten, wenn man ihnen ins Herz schaute, Angst. Die Obrigkeit in Den Haag, die Landesregierung, könne, sagten sie, längst nicht immer ihre Sicherheit gewährleisten, so manche Gegend sei, so hörte man, noch von Banden beherrscht, und Erpressung sei an der Tagesordnung. Außerdem bringe der Süden nicht viel ein, nur billigen Wein und Obst, er koste eigentlich nur Geld. Sein einzig Gutes sei im Grunde, daß er den nördlichen Industriestädten Arbeitskräfte liefere. Und dort wohnten die Südlichen dann auch prompt in den früheren Armenvierteln beieinander und wurden von den anderen voller Herablassung so lange geduldet, bis die Wirtschaftskrise kam und mit ihr der Wunsch, sie möchten alle, samt Kind und Kegel, Gestank und Lärm, wieder in die unterentwickelten Regionen zurückkehren, aus denen sie gekommen waren. Dennoch behielt die Landesregierung die aufkommende Separatistenbewegung scharf im Auge.

2

Ich persönlich liebte diese Regionen. Das wird mit dem Land zusammenhängen, aus dem ich komme, obwohl die Landschaften der Südlichen Niederlande anders aussehen als der Teil Spaniens, der schon seit undenklichen Zeiten Aragón genannt wird. Dort ist es düsterer als bei uns, voll verborgener Höhlen, ähnlich wie auf einem alten, nachgedunkelten Stahlstich, mit brausenden Flüssen und unendlichen, finsteren Wäldern. Aragón ist nicht flach wie der niederländische Norden und doch weiträumig und offen, zuweilen fast leuchtend. Die grünen, biederen und gepflegten Landschaften des Nordens bewirkten bei mir eine lustlose Langeweile, die in nichts der Abneigung nachstand, die ich gegen die meisten Nord-Niederländer empfand wegen ihrer Selbstgefälligkeit, ihrer zügellosen Habgier und wegen der Scheinheiligkeit, die sie an den Tag legten, um die ersten beiden Eigenschaften zu verbergen.
Die Menschen im Süden waren ungehobelter, aber auch ungehemmter, so wie ihre Landschaften wüster und einsamer waren. Was andere abstieß, zog mich gerade an. Die Südliche Hochebene war mir die liebste Landschaft. Manche eher oberflächliche Journalisten sprachen immer wieder von einer Mondlandschaft, ich aber möchte den Mond erst sehen, auf dem man neben einem tobenden Bergbach in einer steinernen Schutzhütte schlafen kann. Das Reisen war primitiv, doch abenteu-

erlich, und die örtlichen Amtspersonen, mit denen man unterwegs zu tun hatte, konnten genug Niederländisch, um sich verständlich zu machen. Die Nördlichen, denen man begegnete, nörgelten stets, das Brot sei nicht weiß genug, das Fernsehprogramm nur schlecht zu empfangen und die Postämter dreckig, als seien das Gründe zum Jammern. Das waren längst nicht alle Beschwerden: es gebe zu viele Fernsehprogramme in den lokalen Dialekten, die örtliche Polizei sei korrupt, die Nachrichten aus dem Norden schienen die Südlichen nicht zu interessieren, und die Bürgermeister seien mitunter lustlos und zu bequem, das Porträt der Königin aufzuhängen. Die Trottel sagten *Maer*, wenn sie Meer meinten, nannten ihre Grenzposten *Wachten* und wickelten ihre Säuglinge in ein *Windelbant*; das alles war zu der Zeit, da diese Geschichte spielt, beinahe schon verschwunden. Nicht etwa, weil es von der Obrigkeit gehörig unterdrückt wurde, sondern durch den Einfluß von Rundfunk und Fernsehen.

Die einzigen, die dies anscheinend bedauerten, waren einige Dichter aus dem Norden, die glaubten, in derartigen Wörtern und Ausdrücken bewahre sich die Seele der Sprache; doch das interessierte wie gewöhnlich keinen. Untereinander benutzten die Südlichen diese Ausdrücke noch; eine gewisse falsche Scham hinderte sie jedoch daran, es auch im Beisein der Nördlichen zu tun. Durch all dies erhielt das Verhältnis zwischen den beiden Gruppen etwas Unnatürliches, und von einer echten nationalen Einheit konnte nicht die Rede sein. Es hieß zwar ›Königreich der Niederlande‹, wer aber auf einem Berg wohnt, arm ist und noch nie das Meer

gesehen hat, kann sich das damit verbundene Gefühl nicht vorstellen.
Die Nördlichen, die sich immer darüber beschwerten, im Süden gebe es keinerlei Form von Organisation, sprachen im selben Atemzug vom organisierten Verbrechen, das jegliche ordentliche Verwaltung unterbinde. Die Parlamentarier, die den Süden in Den Haag vertraten, seien »bestechlich und im Dienst undurchsichtiger Gruppierungen«, und obwohl ich nicht leugnen möchte, daß in diesem unwirtlichen Teil des Reiches Dinge geschahen, die das kalte Nordlicht nicht vertragen hätten, liebte ich dieses querköpfige, unbotmäßige Land doch mit Leib und Seele, und sei es auch nur, weil ich spürte, dort nicht von der Atmosphäre des Guten Willens erdrückt zu werden, die das eingedeichte Land so unerträglich macht. Aber das wird wohl mit meiner spanischen Abstammung zusammenhängen.
Das Ende der Welt würde im Süden später kommen und, dessen war ich sicher, nicht nur mit Gewimmer. Ich bin von Natur aus kein frivoler Mensch, doch mich dünkte, daß in dem gezähmten Menschenzoo hinter den Bergen etwas unwiderruflich schiefgegangen war. Wer das Leben allzu sehr beherrschen möchte, leidet unter einer falschen Sehnsucht nach Unsterblichkeit, und daraus ist noch nie etwas Gutes entstanden.

3

Die Geschichte, die ich erzählen möchte, spielte sich vor nicht allzu langer Zeit ab; es ist eine eigenartige Geschichte. Ich erzähle meine Geschichten vornehmlich mir selber, und ich denke, daß mir die andere Arbeit, mit der ich mein Brot verdiene, dabei geholfen hat. Es besteht eine Übereinstimmung zwischen dem Geschichtenschreiben und dem Straßenbau: irgendwo muß man schließlich ankommen. Diese Idee kam mir eines Tages auf der C 221, die von Calatayud nach Cariñena führt, und zwar in der Gegend von Agueron. Meine Leute klagen hin und wieder darüber, daß dies die am besten instand gehaltene Straße in Spanien sei, und das stimmt wohl auch, obwohl es eine andere Straße gibt, die ich noch mehr liebe. Die Idee kam mir also auf der C 221, denn nirgendwo sind die Übereinstimmungen deutlicher. Die Straße steigt an, die Welt liegt auf beiden Seiten, man gewinnt Übersicht, und die braucht ein Schriftsteller schließlich. Dort stehen gigantische Eisenpfähle, die durch fünf oder sechs enorm dicke Kabel verbunden sind, so daß man den Eindruck hat, sie hielten die Welt oder die Geschichte zusammen. Es gibt Schilder, die einen Brunnen ankündigen – Ruhepause für den Leser –, oder solche, die vor unebenen Wegstrecken warnen oder auf eine andere schwierige Stelle hinweisen. Dann muß der Leser aufpassen, der Erzähler darf ihn ja nicht aus der Kurve fliegen lassen, auch wenn

ich weiß, daß es Schriftsteller gibt, die es gerade darauf abgesehen haben. Vielleicht habe ich dafür zu viele Unfälle erlebt.
Ich bin ein Mann Anfang sechzig, ziemlich dick und meistens gut gelaunt. Meine einzige Eigenart, vom Schreiben abgesehen, ist, daß ich immer blau gekleidet bin, aber das ist nebensächlich und das weiß ich auch. Ich werde jetzt also nicht mehr von mir erzählen. Ich lese eine Landschaft wie ein Buch; mehr wollte ich eigentlich nicht sagen. Vielleicht hängt das mit der sogenannten Allmacht des Schriftstellers zusammen, die Welt so darzustellen, wie es ihm gefällt.
In einer wirklichen Landschaft ist das schon geschehen. Etwa auf der halben Wegstrecke der C 221 liegt zum Beispiel links der Straße, ziemlich tief unten, von der trockenen roten Erde ausgespart, das Rechteck eines Friedhofs; das hat etwas Endgültiges, man hat sich als Reisender damit abzufinden, mit diesem für den Tod vorgesehenen Ort.
Ähnliches passiert einem, denke ich, auch als Leser. Ein Buch ist ein Dokument, und in dieses Dokument ist damit das Wort Tod aufgenommen, obschon man sich darunter natürlich vorstellen kann, was man will. Aber ich wollte ja meine Geschichte erzählen. Sie ist kurvenreich, wie die meisten Straßen in Aragón, die manchmal bergan steigen und dann auch wieder bergab führen; daran kann ich nicht viel ändern, denn die Landschaft liegt außerhalb meiner Kompetenz. Nicht aber Straßendecke und Grünstreifen. Wenn es nach den Behörden ginge, müßten die Grünstreifen ständig gemäht werden (wir machen das an den kleinen Landstraßen noch mit der Sense), ich erteile jedoch immer den Auftrag, hier

und dort, an von mir bezeichneten Stellen, möglichst viele Blumen stehenzulassen. Es ist keine so wichtige Strecke, Minister benutzen sie nicht, und wer sollte den Inspektor inspizieren?

Genug, zur Sache. Wo sich meine Geschichte abspielt, habe ich bereits gesagt, und das ist kompliziert genug, weil sich nur wenige Leute hier auskennen, was jedoch nicht meine Schuld ist. Das Thema aber, vollendete Schönheit und vollkommenes Glück – darüber haben wir noch nicht gesprochen. Ich glaube nicht, daß sich viele meiner Kollegen da heranwagen würden. Dennoch handelt meine Geschichte davon. Sie fängt damit an und hört damit auf, zumindest denke ich das jetzt. Sehen Sie, nun, da ich anfangen möchte, sehe ich auf einmal wieder einen Abschnitt der C 221 vor mir, einen ziemlich geraden, bei Nuestra Señora de las Viñas. Eine Ebene, silberne Olivenbäume, helle Flecken in der roten Erde, als sei auch hier eine Schlacht geschlagen worden wie bei Verdun, und das ist ja auch so. Die Flecken sollen uns an das Böse erinnern.

Ein Mann auf einem Maulesel nähert sich. Geflochtene Körbe, irdene Krüge an beiden Seiten, ein Hund. Er ist vielleicht schon einen Tag lang unterwegs, eine Erscheinung aus dem Paradies, und das waren die Hauptpersonen meiner Geschichte auch. Nicht waren, sind. Nur wohnten sie, als die Geschichte anfing, im Bijlmer, das ist eine Satellitenstadt im Süden Amsterdams. Und sie hießen Kai und Lucia.

Wie läßt sich der Begriff des vollkommenen Glücks einführen? Nicht jammern, der Asphalt ist heiß und flüssig. Mit der Walze darüber. Kai und Lucia waren vollkommen glücklich. So wie eine Flasche oder eine

Schachtel halbvoll, leer oder voll sein kann, so kennt auch jedes Glück oder Unglück seinen tiefsten und höchsten Stand, und wer den letztgenannten erreicht hat, daran ist nicht zu rütteln, der ist vollkommen glücklich. Nun mag man einwenden, daß das unmöglich sei, vollkommenes Glück bei Geschöpfen, die Alter, Krankheit und Tod vor sich haben, doch kann man es auch anders sehen. Derjenige, den das nicht kümmert, hat schon ein beachtliches Stück auf dem Weg zum vollkommenen Glück hinter sich. Ich weiß, daß die Terminologie nicht anregend ist und folglich nicht ins Bild der Zeit paßt. An alledem kann man nichts ändern. Außerdem, um allen Spekulationen ein Ende zu setzen, sollte ich von vornherein sagen, daß es einfach so war. Vollkommenes Glück ist wie vollkommenes Unglück, entsetzlich anzusehen. Und noch etwas kommt hinzu: Obwohl es mir fern liegt zu behaupten, daß vollkommenes Glück zwischen häßlichen Menschen unmöglich ist, so muß doch festgehalten werden, daß nach der Logik der Dinge eine Rangordnung notwendig ist, in der vollkommenes Glück bei vollendet schönen Wesen noch unausstehlicher ist, und mit dieser Variante haben wir es im Falle von Kai und Lucia zu tun. Sie waren, wie man im Süden sagt, ohne Fehl, niemand konnte einen Makel an ihnen entdecken, kurz, es war ästhetisch gesehen nichts an ihnen auszusetzen. Allenfalls könnte man, wenn man diese beiden Menschen nur ein einziges Mal gesehen hat, es ablehnen, den Begriff Ästhetik auf sie anzuwenden, und das geschah auch regelmäßig.

Menschen dürfen schön sein, nur, wenn es absolut nichts mehr an ihnen zu bemängeln gibt, wenn man, sieht man sie zufällig auf der Straße vorübergehen, eher betroffen stehenbleiben möchte, dann wird vollendete Schönheit ein Maßstab für die eigene Unvollkommenheit, und das empfindet niemand als angenehm.

4

Wir sind ein Teil der europäischen Kultur, deshalb ist die Herausforderung für den Schriftsteller nicht sehr groß; die Terminologie steht fest, seit geschrieben wird. Lucias Haar war goldblond. (Wie *honecseim*, die Essenz des Honigs, wird später jemand im Süden sagen.) Sie hatte Augen hellblau wie der Sommerhimmel, ihre Lippen waren rot wie Kirschen, ihre Zähne weiß wic Schnee. Wer dafür andere Worte sucht, ist ein Narr. Kultur ist ein Code. Armselig jene Regionen, wo es keine Pfirsiche gibt; denn dort wüßte man nicht, wie ihre Haut zu beschreiben wäre. Jeder andere Vergleich würde hinken, weil ihm der Aspekt des Eßbaren fehlte. Beim Anblick von Lucias Haut erwachte in allen, Männern wie Frauen, der heimliche Kannibale, der sich auf dem sumpfigen, vorsintflutlichen Boden unserer Seelen versteckt hält.

Die Proportionen ihres Körpers waren mit einer Regelmäßigkeit aufeinander abgestimmt, die zur Norm erhoben wurde. Ein persischer Dichter bezeichnete die Brüste der Frauen einst als »Monde des Paradieses«. Dies wirft die Frage auf, ob es mehrere Arten der Vollkommenheit gibt, denn bei diesem Bild denke ich eher an die Sinnenlust erregenden Tänzerinnen in indischen Tempeln als an die Venus von Milo, die nur ein Abglanz davon ist. Dennoch ist es besser, sich in der Nähe der letzteren aufzuhalten. Allzu viel Lust steht scheinbar im Widerspruch zur Idee der Vollkommenheit, und vielleicht sollten wir uns, da es sich um eine Idee handelt, auf das Abstrakte in der Kunst von Alberti und da Vinci einigen, die den menschlichen Körper nach Schnittpunkten geometrischer Linien errechneten. Ich denke da an da Vincis berühmte Zeichnung des Mannes, der an ein Kreuz (der Schönheit) genagelt zu sein scheint, dessen Beine und Arme jedoch auch fächerförmig in anderen Stellungen um ihn herum gezeichnet sind. Die Vergötterung des Körpers, gleichzeitig Natur und Gedanke, der Körper ohne Fehl, neben dem jeder lebendige Körper versagen müßte, und sei es nur aus Gründen der Selbsterhaltung; natürlich ist das unerträglich.

Durch mein Fach bin ich an bestimmte Arten der Vollkommenheit gewöhnt. Eine davon ist die Mathematik, die, wenn man tiefer in sie eindringt, das Sphärische hoher Poesie aufweist, ohne das Unvorhersehbare und, wenn wir ehrlich sind, das sumpfig Menschliche. Andererseits geht es nicht um Formeln, sondern um zwei lebendige Wesen, die ich nun in meinem Klassenzimmer in Zaragoza zu beschreiben versuche.

Es liegt mir daran zu erwähnen, daß dies der einzige Luxus meines Daseins ist. Meinen Urlaub verbringe ich immer allein, weit weg von der Familie, um zu schreiben; eine Marotte, die mir, je älter ich werde, um so leichter verziehen wird, weil meine Familie geringeres Interesse an meiner etwas eigenartigen Person zeigt. Mein Bruder ist Rektor einer Grundschule in einem Außenbezirk von Zaragoza, und im Monat August, wenn die ganze Stadt wegen der extremen Hitze ausgeflogen ist, steht mir die Schule zur Verfügung. Ich gebe zu, daß das ein bißchen töricht ist, niemand aber belästigt mich hier, und umgekehrt falle ich niemandem zur Last. Meine Bücher, wenn man sie als solche bezeichnen möchte, erscheinen in einem kleinen Verlag in Léon, der Hauptstadt Asturiens, zum Glück nicht in meiner eigenen Provinz. Meine Frau und meine Söhne lesen sie, soviel ich weiß, nicht, und was man je darüber geschrieben hat, wurde in der kleinsten Schrift gedruckt, über die die spanischen Zeitungen verfügen. Ich fühle mich wohl dabei. Alles andere würde mich nur zu etwas verpflichten, und das könnte ich bei der Beschreibung von Kai, um nur das zu nennen, was mir gerade in den Sinn kommt, absolut nicht gebrauchen.

Wenn es einen Computer in Form eines Bildhauers gäbe, der das vollendete Pendant zum weiblichen Körper berechnen und ausführen müßte, sein Ergebnis wäre Kai. Zuweilen, wenn Kai und Lucia nebeneinander hergingen oder, wenn sie, für andere weniger sichtbar, beieinander im Bett lagen, glichen sie einer lebenden Skulptur, auf der ein Professor mit der Vorliebe für die Renaissance vor einer Klasse wißbegieriger Schüler, wenn es so etwas gibt, die Linien der Vollkommenheit, die vom einen zum anderen führten, hätte zeigen können. Denn das ist das Eigenartige: Sie konnten einfach nichts tun, was nicht aufeinander abgestimmt gewesen wäre. Welche Position sie auch einnahmen, ob ineinander oder nicht, welche Öffnungen sie auch dafür verwendeten, die Schönheit wurde immer verdoppelt. Dafür muß es eine Regel geben, die ich nicht in Worte fassen kann. Kurz gesagt – und ich hoffe, dieses Wort nun nicht mehr zu verwenden –, sie waren auch als Paar vollkommen, selbst dann, wenn sie hundert Meter oder mehr voneinander entfernt waren, was für diese Geschichte nicht unwichtig ist, und sei es nur, weil das eine maßlose Lust und somit Eifersucht erweckte.

Kai war muskulös wie die beiden Bronzestatuen, die in den siebziger Jahren unseres fast vergangenen Jahrhunderts bei Riace in Kalabrien aus dem Meer geholt wurden, und zwar dank eines Mannes, der geglaubt haben muß, verrückt geworden zu sein. Denn stellen Sie sich einmal vor: Sie schwimmen unter Wasser zwischen Algen und exotischen Fischen und in der dazugehörenden Stille tauber Menschen und gewahren – wie auf alten Stichen von funkelndem Licht umgeben – auf dem ohnehin schon sonderbaren Grund zwei gigantische Männergestalten, zu groß, um Menschen zu sein, zwei vollendet schöne, auf rätselhafte Weise erhaltene Körper einer ausgestorbenen Rasse, schlafend auf dem Meeresboden. Der Taucher kam herauf, wo die Luftblase der Welt zerplatzte, erzählte von seinem Traumgesicht, und die Statuen wurden gehoben, die schönsten, die je von Menschenhand geschaffen wurden.

Wir alle kennen die widerlichen Abbildungen der mit Hormonspritzen behandelten Bodybuilder, glänzende Muskelwülste, wie merkwürdige, aufgeblähte Krebsgeschwülste, außen an einem menschlichen Körper angebracht, eine Parodie auf die Vollkommenheit, wie die Götter sie einst für sich selbst erdacht haben. Genau auf der nicht errechenbaren Grenze zwischen diesem Gedanken und seinen Auswüchsen im zwanzigsten Jahrhundert hatte Kais Körper aufgehört, sich weiterzuentwickeln, weil er wußte, daß hier die Vulgarität, die mit der Übertreibung des Physischen einhergeht, beginnen würde, die schon gewöhnliche schöne Menschen so langweilig macht. Allein der Künstler weiß das vollkommene Maß, selbst wenn er es nur dazu benutzt, sich durch Leugnung und Entstellung dagegen aufzulehnen. Kais Augen hatten eine schwer zu beschreibende Farbe, so ein Mittelding zwischen Schiefer und nördlichem Seewasser, hart und dennoch fließend und glänzend. War Lucias Haar blond wie goldenes Korn, so hatte sein Haar seit dem Mittelalter die Farbe von Rabenfedern, so schwarz, daß das Auge einen violetten Glanz darin sieht.

Wenn die beiden nicht eine natürliche Unschuld, vielleicht eine kindliche Schüchternheit besessen hätten, wären sie längst schon durch die Blicke der Passanten eitel und kokett geworden oder schlimmer noch, Kitsch. Aber sie gingen so ineinander auf, daß sie die Reaktionen der anderen kaum beachteten, weder die atemlose Bewunderung und das Begehren, noch den Neid und seinen nächtlichen Gefährten, den Haß. Sie hatten sich im Zirkus kennengelernt, wo ihre Eltern arbeiteten; Kais Vater als Dressurreiter, Lucias Eltern mit einer Trapeznummer. Sie hatten sofort erkannt, daß sie einander nicht entkommen konnten, daß ihre Liebe unausweichlich und für immer war, daß sie nie getrennt werden könnten. Sie brauchten nie einen anderen zu suchen, denn der einzig mögliche andere hatte sich schon gezeigt, und das waren, auch wenn dieser Satz grammatikalisch nicht stimmt, sie selbst.

5

Die Idee der vollendeten Schönheit läßt sogleich den Gedanken an andere absolute Eigenschaften aufkommen. Hierin aber hatte sich das Schicksal bei Kai und Lucia zurückgehalten. Sie konnten nichts besonders gut, und weil ihnen die Phantasie fehlte, sich etwas ganz Besonderes vorzustellen, tat ihnen dieser Mangel, falls es einer ist, nicht weh. Seit ihrer Geburt war der Zirkus ihre Welt gewesen, und es war selbstverständlich, daß das so bleiben würde. Kai hatte Clown werden wollen, doch ihm fehlten die abgrundtiefe Melancholie und das grausame Gleichgewicht zwischen verinnerlichter Menschenliebe und veräußerlichtem Selbsthaß, der zu diesem Beruf gehört; daraus wurde also nichts. Ein Clown muß zu jeder Zeit seinen Körper korrumpieren, verzerren, zerstören können, und der Körper, in dem Kai hauste, strahlte durch jede äußere Entstellung hindurch, so daß es ihm unmöglich war, dieses mit Tränen vermischte Lachen hervorzubringen, das für einen Clown lebensnotwendig ist.

Bei Lucia war es ähnlich. Sie hatte sich dem Trapez verschrieben, aber auch ihrem Körper fehlte der innere Widerspruch, der es Trapezkünstlerinnen erlaubt, sich eventuell zu Tode zu stürzen. Diese Möglichkeit ist immer einkalkuliert und ist die wichtigste Voraussetzung für den Genuß der Zuschauer, der sowohl aus Angst als aus der Hoffnung besteht, die Katastrophe könnte sich tatsächlich ereignen. In Lucias Fall war bei manchen Zuschauern die Angst zu groß, bei anderen die Hoffnung zu klein. Diese Hoffnung gründet in dem Wissen der Zuschauer, daß diejenige, die da so hoch oben in der Luft schwebt, nicht fliegen kann. Die Strafe, die darauf steht, ist der Sturz, und daß der nicht stattfindet, ist das Wunder.

Bei Lucia war das anders. Ihre Eltern hatten sie das Fach gelehrt, und sie war nicht ängstlich. Sobald aber Zuschauer dabei waren, zeigte sich eine eigenartige, vielleicht sogar chemische Reaktion. Die Ängstlichen wollten dieses Mal wirklich nicht, daß dieser Körper, dessen Einzigartigkeit – und also die platonische Möglichkeit, selber so einen Körper zu haben – sie sofort erkannten, durch einen Todessturz zu einem Haufen vernichtetem Mensch werden könnte, noch dazu vor ihren Augen. Die Hoffnungsvollen hatten ein anderes Problem. Sie glaubten, jemand mit einem solchen Körper könne zweifellos fliegen, und die Tatsache, daß er nie weiterflog als zum nächsten Seil oder in die Arme derjenigen, die ihn gezeugt hatten, war eine bittere Enttäuschung. Was Bewunderung hätte sein sollen, schlug in Langeweile um, die Vision von Blut und Tod, die so großen Genuß erzeugt, wurde somit hinfällig, die Langeweile verwandelte sich rasch in Abneigung, und das ist ein Element, das ein Zirkusdirektor nicht lange dulden kann. Ein Leben ohne Zirkus war für Kai und Lucia unvorstellbar, und so traten sie unter ihrem eigenen Namen als Illusionisten auf.

Es scheint mir ungehörig, mich noch einmal zwischen den Leser und diese Geschichte zu drängen. Andererseits bin ich es ja, der sie erzählt. Die Einsamkeit dieses

Klassenzimmers, wo ich mich wie ein aufgedunsener Achtjähriger in eine Schulbank gezwängt habe, wird mir bisweilen unerträglich. Ich hätte mich natürlich auf den Platz des Lehrers setzen können, nur blickt man dann ständig in ein leeres Klassenzimmer, und außerdem ist die andere Richtung nun mal die natürlichere, sonst wäre ich wohl selbst Lehrer geworden. Keiner weiß es und doch ist es so, ein Mann, der allein ist, sogar einer in meinem Alter, fängt zu spielen an, wenn er sich unbeobachtet fühlt und ihm die Stille zu groß wird. August in Zaragoza, das ist etwa so wie Radfahren in der Wüste. Dabei ist es weniger die Hitze, die mir zu schaffen macht, als vielmehr die Stille eines Raumes ohne Kinder, der verrückt leere Schulhof draußen vor dem Fenster, die komischen kinderlosen Bänke, die um mich herumstehen.

Ich habe mich in dieselbe Bank von damals gesetzt, die vorletzte rechts, und wenn Sie mich dort sehen könnten, würden Sie verstehen, warum noch nie ein Buch von mir in *El País* besprochen worden ist. Kinder schreiben keine Bücher, Kinder spielen, und das tue ich auch. Schauen Sie nur mal her! Ich tue so, als ob ich meinen blauen, wesenlosen Schatten zur Tür hin bewege, sie öffne und einen noch ungreifbareren Schatten hereinlasse, mit dem ich spreche, wenn auch nur wenige Augenblicke.

Romane lese ich kaum, obwohl ich genau weiß, was Delibes und Goytisolo und Cela und all diese Leute schreiben. Poesie habe ich immer in meiner Nähe, sogar von jüngeren wie Pere Gimferrer und Anibal Nuñez. Die niederländische Literatur kenne ich nicht so gut. Als ich damals dort studierte, hatte ich nicht viel Zeit,

und hier kann man natürlich nichts bekommen. Was mir sehr gut gefiel, waren die *Ideeën* von Multatuli, obschon das nicht sehr niederländisch ist, und das merkwürdige Buch eines Autors, der, wie mir erzählt wurde, Geologe ist, ein Buch über einen denkbaren Gott. Viele andere Dinge, die ich gelesen habe, sind eher Imitationen der Wirklichkeit, Geschichten vom täglichen Leben, und die kann man in jeder Kneipe hören. Wenn ich dem Ministerium in Madrid alle zwei Monate einen Besuch abstatte, versuche ich eine niederländische Zeitung zu kaufen. Das meiste ist nichts wert, doch es gibt zwei, die annähernd das Niveau der *El País* haben. Und auch da fällt mir wieder auf, daß die Niederländer bei all ihrem Dogmatismus die Dinge doch immer anders benennen als sie sind. Die eine Zeitung ist mit Sicherheit nicht fürs Volk bestimmt und heißt *Volkskrant,* die andere wird hauptsächlich von Intellektuellen gelesen und heißt *Handelsblad.* Darin lese ich dann zuweilen Rezensionen und Interviews mit Autoren. Was mir dabei auffällt, ist der metaphysische Anspruch. Sie schreiben entweder geheime Tagebücher, die dann doch veröffentlicht werden, oder Schriften, die offensichtlich von ihnen selbst handeln und die, trotz einer gewissen Pathetik, nicht über die Ufer des täglichen Lebens treten, dabei aber behaupten sie, »eine Spur hinterlassen« zu wollen, als hätte nicht schon Proust gesagt, daß Bücher ebenso wie ihre Autoren sterben.
Ferner finde ich die brahmanische Poesie von Adwaita sehr schön und die alchemistische Geheimschrift von Achterberg, obwohl es manchmal anstrengend ist, ihn zu begreifen. Meine wahre Liebe gehört jedoch der Philosophie, obgleich ich die Philosophen immer mehr

verdächtige, gescheiterte Dichter zu sein. Sie haben ein gutes Gefühl für Systeme, oftmals leider aber nicht für Sprache. Dieses Gedankengespinst finde ich gar nicht schlecht, auch wenn ich vermute, daß man immer noch mit Platon-Varianten beschäftigt ist, und deshalb lese ich, wenn ich mich irgendwo im hintersten Winkel der Provinz aufhalte und das ganze Land im Siestatod untergeht, immer wieder dieselben Dialoge, die mich nie langweilen.

Was lese ich sonst noch? Tagebücher, Briefe, und am liebsten Wörterbücher; denn offen gestanden, ohne Einmischung gleich welcher denkfähigen Instanz hat doch die Sprache selbst immer noch am meisten mitzuteilen.

»Weißt du noch, was du sagen wolltest?« fragt mich meine Frau in solchen Momenten; denn ich neige dazu, abzuschweifen und einfach draufloszureden. »Du wolltest doch eine Tür aufmachen, du hast doch jemanden hereingelassen?«

Da ist sie wieder, die Sprache. Wir sagen »hablar más que una urraca«, drauflosreden wie eine Elster. Dann schlage ich in *Van Goor's Handwoordenboek Spaans* nach und sehe urraca = ekster. Dahinter steht dann ›doorslaan als een blinde vink‹! Wie verwandelt sich diese Elster nun zwischen Spanien und den Niederlanden in einen Fink? Aber es ist kein richtiger Fink, es ist ein blinder Fink, und das ist kein Vogel, das ist etwas zum essen. Nun ist es nicht so, daß die Niederländer Finken essen, denn das ist nicht erlaubt. Es ist eine Fleischrolle mit Gehacktem darin. Womöglich gibt es auch blinde Finken, die drauflosreden, doch soweit bin ich noch nicht. Ich muß meinen Schatten hereinlassen.

Zwei Wörterbücher habe ich immer bei mir, wenn ich im August hier einziehe, den *Diccionario de la Lengua Española* und den *New Webster's Encyclopedic Dictionary of the English Language.* Wenn mir das schwarze Loch der Wandtafel einflüstert, daß jede Idee von Bedeutung aus meiner Geschichte verschwunden ist und daß, wenn ich nur lange genug ins Leere starre, auf der schiefernen Oberfläche der Tafel eine Geschichte erscheine, die, könnte ich sie in Worte fassen, von allen als Meisterwerk erkannt würde, in solchen Augenblicken der *absentia* und einer gar nicht zu meinem Charakter passenden Verzweiflung schlage ich den Webster auf. Das mit dem Hereinlassen war ein ziemlich umständlicher Vergleich, aber für mich ist, jedenfalls wenn ich allein bin und mir einen spielerischen Augenblick gestatte, Noah Webster eine Person. Jetzt geht etwas zu Bruch, mein treuer Freund weiß nichts über ›illusionists‹ zu berichten, jedenfalls nicht über meine. Kai und Lucia stehen nicht drin! Was drinsteht ist just das Gegenteil: *one given to illusion.* Falsch! Das ist nun gerade der Leser, ich meine der Zuschauer. Der Illusionist steht auf der Bühne und gibt, der Zuschauer wird getäuscht oder will betrogen werden und empfängt. *To illude: the act of deceiving and imposing upon; illusion: deception, mockery, a deceptive appearance, an unreal vision presented to the bodily or mental eye.* Vom Täter keine Spur. Der taucht erst wieder bei Van Goor auf, und auch er hat über den Pyrenäen, genau wie die Elster und der Fink, eine Feder lassen müssen und ein l verloren.

Ilusionista, goochelaar, illusionist. Da hat er sein l wieder, aber mehr als ein Zauberkünstler ist er nicht, und obwohl das jemand ist, der die Sinne verzaubert, sind wir daran gewöhnt, daß er das mit Gegenständen macht wie mit Karten, Bällen, die durch die Luft fliegen und einer extremen, bogenförmigen Schwerkraft unterworfen sind, mit Taschentüchern, die einen ganz nahen Fluchtpunkt haben, und dergleichen mehr. Nein, in diesem Fall verstärken das Spanische und das Niederländische einander (wie sonst oft) nicht, obwohl es mir dann doch etwas gebracht hat, nämlich den fremdartigen, exotischen Klang des Wortes *goo-chel,* und den heimlichen Stolz, daß ich dieses ch mit meiner von den Mauren geerbten Kehle genauso hart aussprechen kann wie einer aus dem Norden.

Leute, die früher noch in ein echtes Theater oder in den Zirkus gingen, kennen einen solchen Akt bestimmt. In diesem Fall also stand Lucia mit verbundenen Augen auf der Bühne oder in der Manege und Kai bombardierte sie vom Publikum aus mit Fragen über die Person, vor der er gerade stand und von der sie untrüglich Name, Alter und äußere Kennzeichen vermelden konnte. Daß diese auch immer übereinstimmten mit den Daten in Paß oder Personalausweis, den Kai von der betreffenden Person bekommen hatte, war das Wunder, das in einem anderen Zeitalter oder, wie wir sehen werden, in weniger aufgeklärten Regionen, das Publikum begeisterte.

Wie haben sie das angestellt? Ich selber komme aus einer Provinz, aus der das Übernatürliche wegen der Ausdehnung der Landschaften und der Einsamkeit der verlassenen Dörfer noch nicht ganz verschwunden ist, und am liebsten würde ich, wenn ich mir so etwas anschaue, ans Unerklärliche glauben und es dabei belassen. Man sollte dem Dunklen, zumindest in seinen we-

niger bedeutenden Erscheinungsformen, sein Dasein gönnen, weil es ein Teil von uns ist, so wie die Nacht ein Teil der Zeit ist, wenngleich nicht jeder dieser Vermischung von Kategorien zustimmen wird.
Ach was, es war eine Gabe, und obschon auch sie mit dem Schatten des Unerklärlichen durchwoben war, weiß ich genug über das geheimnisvolle und dennoch natürliche Gewebe aus Tonhöhe, Pause, Wortwechsel, Zögern, Einfügung und musikalischem Akzent, mit dem sie ihr Publikum immer wieder gewinnen und in Erstaunen versetzen konnten. Ich kann also behaupten, daß Kai und Lucia mit ihren Zuschauern ein raffiniertes Spiel spielten, ein Spiel, das, wie die Natur, eisernen Regeln unterworfen war. Für die Zuschauer waren solche Überlegungen nebensächlich. Sie spürten, daß sie es hier eher mit einem Menschen als mit zweien zu tun hatten, waren die beiden Erscheinungsformen auch noch so weit voneinander entfernt. Zwei in einer Person, zwei Hälften, die einander suchen, sich finden, womöglich eins werden, das ist schon seit Platons Gastmahl ein Wunschtraum, der hier auf die eine oder andere Weise sichtbar gemacht, zumindest aber angedeutet wurde, so daß Entzücken folgte; denn das war es, was sich auf den Gesichtern ausdrückte. Das scheinbar Besondere dieser Geschehnisse, die wie Schreiben und Politik (nicht jedoch Straßenbau) zum Teil auf simplen Tricks beruhen, hing mit den äußeren Besonderheiten von Lucia und Kai zusammen, so daß beide alles in allem ein großes Geschäft für den Zirkus waren.
Dem Zirkus selbst ging es weniger gut. Der Hauptgrund war die Rezession, ein Wort, das schon durch den ausländischen Klang etwas Albernes hat, weil es verhül-

len soll, daß es den Leuten heute besser geht als je einer anderen Generation zuvor. Zudem war nun eine Zeit angebrochen, in der Dinge, die sich durch den Körper ausdrücken lassen, ohne die Einschaltung der Elektronik und im peinlichen Beisein anderer Körper, gewissermaßen ungültig wurden. Jede Gebärde sollte in möglichst vielen Wohnzimmern der Welt gleichzeitig gesehen werden, von Menschen, die in diesem Moment *nicht* dabei waren; und auf den natürlichen Klang der menschlichen Stimme reagierte man gereizt, als fehlte diesem Geräusch oder dem eigenen Gehör plötzlich, zum ersten Mal seit der Schöpfung, etwas Wesentliches, ein Mangel, der in den Jahrhunderten zuvor niemandem aufgefallen war.

Genausowenig wie man zu Hause noch Spiele machte oder, um es deutlicher auszudrücken, miteinander spielte, genausowenig ging man aus dem Haus, um sich das Spiel anderer Leute anzuschauen. Immer mehr Zirkusse mußten schließen, und die Clowns, Illusionisten und Bärenbändiger verschwanden im großen Nichts, wohin ihnen Korbflechter, Straßenschreiber, Schauspieler, Scherenschleifer, Erzähler, Falkner, Schausteller schon vorausgegangen waren. Longinus hat einmal anläßlich schwacher Stellen bei Herodotus und Theopompus (ein aufgeblasener Name, den ich selbst gern gehabt hätte) davor gewarnt, daß das Sublime leicht durch das Triviale verdorben werden könne; aber wie kann man ein derartiges Stilproblem in einer Geschichte lösen, deren Thema die Korrumpierung des Sublimen durch das Triviale ist? Wir werden sehen, wie das geht. Schließlich kann man, so Horaz, das noch nicht Veröffentlichte wieder vernichten, doch wenn die Wörter erst einmal ausgeschwärmt sind, kann man sie nicht wieder einfangen. Das war damals so, und ist noch heute so. Es ist die Vorstellung von der Vollkommenheit, die mich beim Schreiben dieser Geschichte fortwährend behindert, weil ich vermute, daß heute niemand mehr daran glaubt, am wenigsten mein Verleger in León. Mit Gottes Tod, egal ob er existiert hat oder nicht, ist das Vorbild des Vollkommenen verschwunden. Danach hat die Kunst den nach Seinem Bild und Gleichnis geschaffenen Körper verrenkt, in Flächen aufgeteilt, durchlöchert und verzerrt. Es scheint, als könnten wir Vollkommenheit nicht mehr ertragen, nicht einmal mehr als Idee, weil sie uns wie ein zu oft geträumter Traum langweilt. Es ist heute leerer als sonst im Klassenzimmer.

Nachdem auch der Zirkus, bei dem Kai und Lucia auftraten, seine Zelte endgültig abgebrochen hatte, was für einige Zeitungen Anlaß war, Krokodilstränen zu vergießen, spielten sie noch eine Zeitlang in kleinen Theatern und Kulturzentren; eines Tages jedoch bekamen sie einen Brief ihres Managers aus Rotterdam, der sie einlud – aufforderte wäre ein passenderes Wort –, »einen wichtigen Plan«, wie er es nannte, mit ihm zu besprechen.

Es gibt Päpste, die wie Berufsbetrüger aussehen, und Huren, die dreinschauen, als hätten sie noch nichts von der Welt begriffen, der Impresario von Kai und Lucia aber, der Reier hieß, sah wie ein Impresario aus. Er rauchte dicke, schwarze, von einfachen Menschen in fernen Ländern handgerollte Zigarren, wodurch er immer halb dem Blick entzogen war. Das war auch besser so, denn er hatte eine fahle Haut, die schlaff um seinen

großen Schädel hing, und Augen, die im Gegensatz zu denen echter Raubtiere, ihrer Beute auswichen. Seine Beute war immer derjenige, der vor ihm saß.
In einem Interview äußerte er einmal, ein jeder Mensch sei ersetzbar, einschließlich seiner eigenen Frau, es war ihm ernst. Nur sich selbst nahm er von dieser Regel aus. Kais und Lucias Nummer brachte ihm kaum etwas ein, und die Hoffnung, seinen massigen Leib einmal in Lucias Körper zu pressen, hatte er, und sei es nur aus Faulheit, schon lange aufgegeben. Solange er aber noch der Ansicht war, auch nur einen Gulden an den beiden verdienen zu können, ließ er sie nicht los.
Dummköpfe, dachte er, während er auf die Stühle vor seinem Schreibtisch wies. Sie fühlten sich unsicher wie stets, wenn sie nicht zu zweit allein oder bei Freunden oder inmitten einer Menschenmenge waren.
»Leute«, sagte Reier durch seine finstere Wolke hindurch, »wir wollen ehrlich miteinander sein. Was ihr macht, ist ein Meisterwerk, es ist rund, hat Klasse, niemand sonst kann es. Ihr seid noch jung und ihr seid schön (zu schön, dachte er), ich habe schon mit euren Eltern gearbeitet, ihr beherrscht das Fach aus dem Effeff, aber das Fach ist das Fach nicht mehr. Was ihr macht, ist zwar etwas Besonderes, aber klein. Und das wollen die meisten Leute nicht mehr. Sie kriegen im Fernsehen täglich das Beste der Welt zu sehen und heben den Arsch nicht mehr, um aus dem Haus zu gehen. Daheim können sie rauchen, trinken, sie können tun, was auch immer sie wollen, und kriegen die schönsten Shows aus Las Vegas noch dazu serviert. Nur noch für Sex kommen sie aus ihren Löchern oder wenn's unglaublich viel Knete kostet, denn das heißt Prestige.

Sexshows, darüber sprachen wir schon mal, wollt ihr nicht.« Er sabberte bei dem Gedanken an Lucia mit drei alten Kerlen in Mönchskutten oder Kai im Schlammbad mit einer dicken Negerin, aber das war nicht drin, und zusammen konnte man sie so schon gar nicht bringen, weil dann das wesentliche Element solcher Darbietungen, die Demütigung, von vorneherein ausgeschlossen wäre.
»Was ich euch zu sagen habe, ist unangenehm. Un-an-ge-nehm.« Er sagte es noch einmal. Zuerst einen ordentlichen Schreck einjagen und dann zuschlagen.
»Ich sehe keine andere Lösung, es sei denn . . .«
Er stand auf, ging zum Fenster und blickte über Rotterdam. Was für eine Stadt, dachte er voller Bewunderung.
Lucia rückte etwas näher an Kai heran, der ihr den Arm um die Schulter legte.
»Es sei denn, was –?« sagte Kai wie einer, der vor nichts zurückschreckt.
Natürlich schnappt der Trottel zuerst nach der Wurst, dachte Reier.
»Es sei denn, ihr wollt im Süden arbeiten«, antwortete der Rücken des blauen Nylonanzugs am Fenster. »Ich sage es so, wie es ist.«
Dieser Zusatz war nicht überflüssig, denn in ihrem Fach war »im Süden arbeiten« gleichbedeutend mit: abgeschrieben für immer. »Der arbeitet jetzt im Süden«, die einzige Antwort, die man danach noch erhielt, war die Todesnachricht, sofern sie ankam.
»Ich befürchte, daß ich sonst nichts mehr für euch tun kann.«
Schneller als man es von einem so großen Körper er-

wartet hätte, drehte er sich um, stand schon hinter ihnen, umfaßte sie mit seinen Bärenarmen und flüsterte: »Es tut mir leid, Leute, es tut mir so entsetzlich leid, wir haben immer so gut zusammengearbeitet, aber ich kann es nicht ändern. Entweder das oder gar nichts. Die Verhältnisse sind gegen uns, es ist die Zeit.«

Es war, als schwanke er unter dem Schlag, den er austeilte, aber er hielt sich auf den Beinen, indem er Lucia besonders kräftig umfaßte.

Oh, was für ein Weibsbild, dachte er und sagte: »Wißt ihr, wer in der letzten Zeit alles in den Süden gegangen ist?«, und bevor sie antworten konnten, zählte er die Namen von Clowns, Gauklern, Bauchrednern und Jongleuren auf, deren vergilbte Porträts noch im Gang zu seinem Büro hingen und die den sicheren Norden ihrer früheren Erfolge verlassen hatten und nun irgendwo weit im Innern dieses fremden Landesteils in Theatern mit schmutzigen Garderoben auftraten, deren Namen nicht eine der im Norden erscheinenden Tageszeitungen je erwähnen würde.

Lucia senkte den Kopf, ein goldener Regen. Reier spürte eine Träne auf seiner Hand, und die kühle Winzigkeit dieses nur aus einem Wassertropfen bestehenden Leids brannte so auf seiner Haut, daß selbst er begriff, er müsse sie loslassen. Das Fenster, dachte er, ist wahrscheinlich doch der beste Ort.

Kai blickte auf ein Zirkusplakat aus dem vorigen Jahrhundert, auf dem die Menagère Schmidt, die größte Europas, den Auftritt des »schrecklichen Asiatischen Löwen zusammen mit der blutrünstigen Hyäne und dem Riesigen Elephanten, Miss Fanny, 130 Jahre alt« ankündigte.

»Würden wir im Zirkus auftreten?« fragte er.
Reier drehte sich um, doch diesmal nicht so schnell; denn er wußte, daß er sie im Griff hatte.
»In Zelten und Theatern«, sagte er. Er legte seine Zigarre, nun auf einmal ein großer nasser Gegenstand, auf den Schreibtisch und erwiderte: »Es heißt entweder-oder. Hier kann ich nicht mehr viel für euch tun. Ich kann euch noch mal ans Fernsehen verkaufen, davon könntet ihr noch eine Zeitlang leben, dann aber ist's endgültig Schluß, Sense. Es liegt an euch. Einige meiner Leute stellen eine Art Tournee zusammen, die in Dachfart anfängt, und zwar schon bald. Dachfart liegt im Bergland, direkt hinter den Pässen. Richtung Süden«, und er zeigte auf die Landkarte, die hinter seinem Schreibtisch hing und auf der das verquere, viel zu große Gewächs des unendlich erscheinenden Südens wie eine gigantische, überreife Frucht an dem zerbrechlichen Korridor hing, der bei Limburg begann und bis zu den Bergen reichte und der, was immer die Nord-Niederländer in ihrem lokalen Wahn behaupten mögen, einen unveräußerlichen Teil des Königreiches bildet.
Auch die Geschichte ist bisweilen krank, und den Verlauf solcher Krankheiten kann man am besten in historischen Atlanten verfolgen, auf deren Karten die Länder mit Farben und gestrichelten Linien über ihre früheren Grenzen hinauswuchern, zerbrechen, sich aus- und einstülpen, auseinanderfallen, schrumpfen und kleiner werden. Nein, das Königreich der Niederlande bot keinen sehr schönen Anblick, es schien, als hätte jemand den schmalen Hals des Landes an Maas und Rhein im Würgegriff gehabt und in blinder Wut hin- und hergeschüttelt, wodurch der Landstrich unterhalb der Faust

durch einen gigantischen Bluterguß aufgeschwollen war, bis er schließlich wie ein dummer, weiter Sack herabhing, ein Sack voll finsterer, leerer und zweifellos gefährlicher Regionen, deren Provinzgrenzen willkürlich festgelegt schienen. Der Sack fing irgendwo nordöstlich von Locarno an und war anscheinend recht brutal auf das wehrlose Albanien geknallt worden, so daß das Südende des Königreichs wie ein Sammelsurium aus schlotternden, gekräuselten, ausgefransten Lumpen aussah. Wer ihn lange genug anschaute, fing ganz von allein an, seinen *endinvers* zu beten, wie man im Süden sagt. Aber noch waren sie nicht dort.

»Es reizt mich nicht«, sagte Kai.

»Nun ja, dich reizt es nicht.« Reier hatte sich auf die Sessellehne gesetzt und zündete die Zigarre wieder an. Das liebte er, diese Mischung aus toter Asche und eigenem, kaltgewordenen Speichel. Der Rauch war jetzt schwärzer und kündigte neues Unheil an. »Ich kann's auch anders sagen: dich reizt es nicht, und hier tut sich nichts. Dort ist alles neu, es ist Neuland für euch. Niemand kennt euch da.«

»Niemand wohnt dort.«

»Das darf ein Artist nie sagen. Da wohnen Menschen. Menschen sind Publikum. Vielleicht sind die Leute dort anders als wir, aber es sind Niederländer, und sie sprechen dieselbe Sprache oder verstehen sie zumindest. Ihr habt dort Zutritt. Ihr dürft dort arbeiten. Und übrigens, wenn die Königin hingeht, könnt ihr auch hingehen.«

Das war richtig. Der Anblick ihrer Königin mit einer ihrer oft übermäßig großen Kopfbedeckungen – als wäre die nie getragene Krone aus Edelmetall in Textil oder feingeflochtenes Stroh verwandelt und somit berechtigt, sich nach allen Seiten auszudehnen – inmitten tanzender und lauthals singender Bewohner des Südens hatte bei den Nördlichen ein leichtes Schamgefühl verursacht, Scham über die unbekümmerte Freude, an der man eigentlich, wäre sie einem noch beschieden, gern teilhaben würde. Und obwohl derartige Ausflüge nicht oft stattfanden, das Staatsoberhaupt schien sie außerordentlich zu genießen, als sei das, was ihr dort begegnete, der Inbegriff des Untertans, die natürliche Legitimation ihrer eigenen, auf die Spitze getriebenen Existenz. Daß der etwas bedrückt wirkende, in sich gekehrte Mann an ihrer Seite ihre Ekstase nicht teilen konnte, schien sie nicht zu bekümmern. Sie war durch ihre merkwürdige, ererbte Funktion zu einer ziemlich mystischen Einheit mit ihrem Volk berufen, und was immer dazu zu sagen wäre, ein Volk war es.

»Ich schicke euch nach Dachfart«, sagte Reier, »Anhovet, Doremenen, Touchtlake, Barech, Slaec.« Die für einen Nördlichen doch noch exotischen Namen gingen ihm leicht über die Lippen. »Kleinstädte, aber Städte mit Theater. Und ein Theater«, sagte er tautologisch, »ist ein Theater, egal, wo es ist. Oder willst du lieber im Büro arbeiten?«

Lucia schlug die Hände zusammen. Wären sie nicht von der Natur geschaffen, sondern von Ghiberti in Bronze gegossen worden, sie hätten bei Sotheby's Millionen erbracht. Sie seufzte. Artisten leben in einer verkehrten Welt, und für sie bedeutet eine Welt, in der man sich nicht verkleiden darf und also ständig man selbst sein muß, was auch immer das bedeutet, die erste Stufe der Hölle.

»Ich hab keine Lust«, sagte Kai. »Es ist vielleicht besser,

wenn wir mal mit einem anderen reden, wenn Sie nichts mehr für uns tun können. Ich hab einen Freund, der für das Unterhaltungsprogramm der Armee arbeitet . . .«
»Und die schickt euch auch in den Süden. Wenn die euch überhaupt haben will, denn im Moment arbeiten die nur noch mit Filmen. Und übrigens, würdest du gern mit ihr vor einem Rudel ausgehungerter Wölfe auftreten, die sich dort zu Tode langweilen? Dort gibt's mehr Soldaten als hier.«
Auch das war richtig. Die Südliche Unabhängigkeitsbewegung hatte bereits etlichen Militärpolizisten und Verwaltungsbeamten das Leben gekostet. Eine richtige Volksbewegung war sie zwar noch nicht, aber die Polizei allein wurde längst nicht mehr mit ihr fertig, schon gar nicht, seit eine nachsichtige Regierung dem Süden eigene Polizeieinheiten zugestanden hatte, deren Mannschaften sich hauptsächlich aus Südlichen rekrutierte. Eine neue Regierung, durch zunehmende Gewalttaten beunruhigt, hatte die Armee eingesetzt, die mehr oder weniger widerwillig ihre Aufgabe erfüllte. Über jedes militärische Opfer wurde im Norden ausführlich berichtet, was dazu führte, daß laut Umfragen der größte Teil der nördlichen Bevölkerung die unrentablen südlichen Provinzen lieber heute als morgen los gewesen wäre.
»Wenn wir von dort zurückkommen«, sagte Kai, »sofern wir überhaupt wiederkommen, hat man uns vergessen.«
»Ist es schön dort?« fragte Lucia. Die Vorstellung von schön im Zusammenhang mit den Südlichen Niederlanden war eigenartig. So wie die Südlichen den Norden flach, grau und windig fanden, so fanden die Starren,

wie die Menschen hinter den Pässen genannt wurden, den Süden desolat, wild und bösartig. Und die Einwohner zurückgeblieben, das versteht sich von selbst. Wenn man dort nichts zu tun hatte, ging man nicht hin.

»Schön«, sagte Reier und dachte an ranziges Fett, staubige Straßen und den eisigen Wind, der einem winters den Atem verschlug, »was heißt schön? Das ist für jeden anders. Du bist eine Träumerin, und du hast ein hartes Fach in einer harten Welt gewählt. Aber ihr verdient euer Brot damit. Schön . . . der Süden ist bergig, und ich mag keine Berge. Aber Theater sind schön, und da gibt es noch Theater. Und für Leute, die noch ein bißchen Abenteuerlust im Blut haben, ist es eine grandiose Erfahrung.«

Kai stand auf.

»Wir werden es uns überlegen«, sagte er.

Als die beiden aus dem Zimmer waren, wählte Reier eine lange Telefonnummer. Es wurde abgenommen. »Es ist in Ordnung«, sagte Reier, »sie kommen.«

Er artikulierte die Wörter sehr langsam, als spreche er mit einem Schwerhörigen oder einem ganz kleinen Kind.

6

Camino, carretera, Weg, Straße, Piste. Es hat mich immer fasziniert, daß im Niederländischen das Wort »weg« auch abwesend bedeutet. *El camino* ist im Spanischen einfach die Straße, aber auch die Reise. Nun ist die Reise per definitionem auch die Abwesenheit von dem Ort, der den Ausgangspunkt der Reise bildet, aber die rücksichtslose Direktheit von ›weg‹ fehlt. Über Weg in allen Bedeutungen des Wortes habe ich von Berufs wegen natürlich oft philosophiert; denn ob es nun via, carretera, camino, weg oder Straße heißt, hinter diesem Wort stehen in jedem ordentlichen Wörterbuch immer eine lange Reihe idiomatischer und allegorischer Redewendungen, die zum Nachdenken anregen, vor allem wenn das Leben, so wie meines, aus Straßen besteht und zum größten Teil auf Straßen verbracht wird. Die Vorstellung, daß nahezu alle Straßen zwischen Delft, Zaragoza, Isfahan und Peking miteinander verbunden sind, eröffnet derart schwindelerregende, labyrinthische Perspektiven, daß es mich beinahe nicht mehr auf der Schulbank hält. Doch es geht nicht um mich; ich ziehe mich – fürwahr mit einem Seufzer – aus diesen Zeilen zurück, denn über Straßen wird im allgemeinen nicht genug nachgedacht.
Dies ist für Kai und Lucia ein wichtiger Tag. Die Uhr des Schicksals ist aufgezogen und wird bis ans Ende ihrer Geschichte im abgemessenen und berechneten

Takt weiterticken, der, wie manch einer glaubt, sogar fortdauern wird, wenn wir nicht mehr da sind, um wahrzunehmen, daß die Zeit existiert.
Sie sind abgereist, sind schon ein paar Tage unterwegs und nun in der Nähe der Berge, die die Straße anheben und an sich ziehen. Das spürt man, wenn man in einem kleinen Auto sitzt; man hat das Reiseziel nicht länger vor sich, sondern über sich und bei Haarnadelkurven manchmal hinter sich. Das kann Verwirrung stiften und, wie bei Kai und Lucia, Angst. Grund zur Angst gab es genug. Für jemanden, der aus dem Flachland kommt, wo alles übersichtlich ist, stehen die Berge zwischen ihm oder ihr und der Aussicht. Das, was die Aussicht behindert, wird zur Aussicht, und das ist beklemmend. Außerdem war es Herbst, trübe und kalt. Nebelschwaden zogen drohend an steilen Felswänden entlang, die Baumgrenze, das letzte Band mit dem Vertrauten, lag schon unter ihnen, sie fuhren durch Felsen, Steinhaufen, Türme, Mauern und Schwertern aus Stein. Sie versuchten sich gegenseitig mit leichtem Geplauder, kleinen Gebärden oder Berührungen aufzuheitern, je mehr aber die Leere in der Landschaft zunahm, desto stiller wurde es im Auto. Dörfer tauchten kaum mehr auf; die vereinzelten Häuser, die es noch gab, waren anders gebaut; was noch wuchs, schien den harten, bösartigen Charakter der Landschaft angenommen zu haben. An diesem Abend würden sie den Paß erreichen, wo die Bundesgrenze das Vaterland in seine zwei so ungleichen Teile brach.
»Hier wird es später dunkel«, sagte Kai, doch Lucia reagierte nicht.
Die Sonne war ein weißlicher, greller Fleck zwischen

den schmutzigen Wolken, und nach einer weiteren endlosen Kurve ähnelte das Gebirge, das sich ihnen am Ende der Straße in den Weg stellte, der unteren Hälfte eines monströsen Gebisses, ungeheure Zähne mit der Schneide von steinernen, prähistorischen Beilen. Undenkbar, daß die Straße da hindurch führen sollte. Als das letzte Licht dramatisch mit violetten und blutroten Fetzen irgendwo hinter diesem Kiefer verschwunden war, dachten sie beide, sprachen es aber nicht aus, daß in der Dunkelheit noch so eine unsichtbare Reihe von Zähnen, nur umgekehrt, bereithing, um zuzuklappen und alles, was sich bewegte, in diesem Rachen zu zermalmen. Sie rückten enger zusammen. Gegenverkehr gab es kaum, und wenn doch einmal ein Auto an ihnen vorbeifuhr, das sein Nahen schon lange zuvor durch einen in der Ferne herumirrenden, von allen Seiten aufsprühenden Lichtschein angekündigt hatte, schien es, als sei die Welt danach noch dunkler und unheimlicher.
Erst nach langer Zeit sahen sie ein paar stillstehende Lichter, gelb und fahl. Das ist der letzte Augenblick, in dem wir noch umkehren können, dachte Lucia, aber auch das sprach sie nicht aus. Das Dorf, in das sie jetzt hineinfuhren, lag verlassen da. Die Leute waren tot, weg oder schlafen gegangen. Sie hielten vor der anscheinend einzigen Herberge. In einer Ecke der Gaststube saßen ein paar Männer und spielten Karten. Ihre Blicke folgten Lucia durch den Raum, und sie hatte das Gefühl, als nagten sie an ihr. Das einzig Vertraute war die Reklame für Heineken und Bols; alles andere, die Stimmen, die Möbel, selbst die Farbe des Lichts war ihnen fremd, als wollte die Gegend, in die

sie am nächsten Tag fahren sollten, sich ihnen schon jetzt verweigern oder sie warnen – auch das wäre denkbar.

Das Zimmer war klein und kalt, das Bettzeug sah benutzt aus, an der Wand hing ein lächerliches Bild, das ein Mädchen auf einem Rentier zeigte. Verloren stand Lucia am Fenster und schaute hinaus. Man konnte nichts mehr sehen, dennoch fühlte sie die Anwesenheit der unsichtbaren Berge.

»Ich hab Angst«, sagte sie, aber es war schlimmer als das, nicht bloß ein Gefühl überwältigte sie, sondern ein Zustand, der ihren ganzen Körper ergriff, so daß alles an ihr, Augen, Haut, Füße, zu Angst wurde, Angst, die nur vertrieben werden konnte, wenn sie jetzt sofort umkehrte, die Treppe hinunterrannte, durch die Gaststube, wo ihr die Männer den Weg versperren würden, hinaus, ins Auto, weg, zurück zur niederen, flachen Welt, die sie nie hätte verlassen sollen.

»Du bist müde«, erwiderte Kai, »morgen sieht alles anders aus.« Doch als sie nach einer unruhigen Nacht erwachten, in der plötzlich ein heftiger Wind aufgekommen war und am Fenster rüttelte wie ein Mann, der hereinwollte, und, zu allem Überfluß, dachte Lucia, ein geiles Gelächter vor der Tür erschallte, hatte sich nichts geändert.

Kai stand zuerst auf. Er hatte geträumt, einen Glassplitter oder ein unendlich kleines scharfes Stück Eis ins Auge bekommen zu haben, und beim Aufwachen hatte er gemeint, daß darum ein Schleier über allem lag. Er öffnete die dünnen, zerschlissenen Vorhänge und sah, daß es nicht stimmte. Der Schleier war das Tageslicht. Eine grau-schlammige Farbe lag über allem, über Häusern und Bergen, Morast, der zähflüssig an Häusern und Autos herablief und der, so dachte er, wenn man ihn berührt hatte, ewig haften bliebe.

7

Angst und Widerwille, fand Kai, und da täuschte er sich, sind Elemente, denen man sich nicht ausliefern soll. Liefert man sich ihnen nicht aus, verstellt man sich und richtet oft größeres Unheil an, als wenn man sich der Angst beugt; aber um das zu wissen, war er noch zu jung oder einfach zu dumm. Ich wollte das eigentlich nicht aufschreiben, nun aber steht es da. Zuweilen rede ich so in mich hinein, muß denn das unbedingt immer wieder hinaus? Ich habe Kai schließlich ausgedacht, denn wer sonst entscheidet wohl, daß er jetzt auf Zehenspitzen – um Lucia nicht aufzuwecken – durchs Zimmer schleicht, um hinunterzugehen. Er schließt leise die Tür hinter sich.

Der Wirt war gesprächiger als am Abend zuvor und erkundigte sich nach dem Ziel der Reise. Kai erzählte, daß sie auf der anderen Seite der Grenze auftreten wollten, ein Wort, das er erläutern mußte. Nachdem das geschehen war, riet ihm der Wirt dringend umzukehren.

»Das ist nichts für euch, Junge, und schon gar nicht mit ihr. Ich selber komme nicht aus dem Norden, aber ich kann dir sagen, daß auf der anderen Seite der Dschungel ist. Es sind eben Wilde, man ist sich seines Lebens nicht sicher. Hier halten manchmal Leute an, nun ja, ich muß sie einlassen, ich lebe davon, aber dann schlafe ich nachts mit dem Messer unterm Kopfkissen. Ihr seid

gewohnt, die Polizei zu rufen, wenn was los ist, tja, hier kommt die Grenzpolizei, schau sie dir gut an, dann weißt du Bescheid.«
Komisch, dachte Kai, daß das, was vertrauenerweckend an diesen Leuten sein sollte, sie so zum Fürchten machte. Ihre Uniform war entweder zu groß oder zu klein, sie war ja ungepflegt, schmutzig, doch das war nicht das Schlimmste. Die Köpfe der Männer, die er von vorn oder im Profil sah, glichen Bildern aus der Verbrecherkartei, und der eigenartige Gegensatz zwischen Physiognomie und Uniform verdoppelte den furchterregenden Effekt, der zudem durch den großen, altmodischen Revolver verstärkt wurde, der locker im Halfter hing.
»Was sind das für Leute?«
»Das sind die Grenzwächter. Die gehören auf die andere Seite. Ich seh sie hier lieber von hinten, aber die kommen einmal am Tag zum Essen her.«
»Grenzpolizei? Aber wenn es *ein* Land ist, braucht man doch keine Grenze?«
»Das sollte man meinen. Und doch ist es die einzige Möglichkeit, im Auge zu behalten, was sich von Süden nach Norden bewegt. Artisten kommen nicht oft hierher. Vielleicht fahren die durch oder fliegen, doch die meisten Reisenden machen hier halt, wenn auch nur kurz; denn es ist die letzte Ortschaft vor der Grenze, und auf der anderen Seite ist es nicht so lustig.«
Er winkte Kai näher an sein unrasiertes Gesicht heran. »Wenn du je in Schwierigkeiten bist, geh nur im äußersten Fall zu diesen Leuten. Es kostet dich Geld, und meistens sind sie selber die Ursache von allem Bösen.«
Kai beschloß, Lucia von all dem nichts zu erzählen. Als

er ins Zimmer zurückkam, sah er, daß sie sich unter der Bettdecke verkrochen hatte. Vorsichtig schlug er die fahlen Tücher zurück und war wie immer von ihrer Schönheit gerührt. Das goldene Haar lag wie ein feuriger Lichtschein auf dem schmuddeligen Kissen. Er wollte sie streicheln, doch sie hatte sich in ihren Kummer eingeschlossen; ihr Körper reagierte, als gehörte er einer anderen Person, und ihre Augen waren trüb, als hätte sie geweint, seit er hinausgegangen war. Er tat, als sähe er das alles nicht, summte vor sich hin, ging federnden Schrittes wie einer, dem große Abenteuer bevorstehen, zum Fenster und blickte auf das kalte, offene Stück Straße, das zur Grenze führte.

8

Wer nie aus einer Laune heraus oder weil es sein mußte, eine Reise zum südlichsten Zipfel der Niederlande unternommen hat, kann sich die Erschütterung nicht vorstellen, die die meisten Nord-Niederländer erfahren, wenn sie zum ersten Mal durch den *Zwitraht*-Paß fahren, den ersten der Hohen Pässe. Auch diejenigen, die immer über die zähe Glanzlosigkeit des Sumpfdeltas schimpfen, haben hier den Eindruck, daß ihre Welt entzweigebrochen wird. Da standen sie also. Im Zollamt hing zwar noch das Porträt der Königin an der Wand, auf dem sie stehend zu sehen war, mit Orden behangen und ohne das sonst übliche Lächeln; eher mit einem Anflug von Verwunderung, als fragte sie sich, warum sie so allein mitten in diesem Raum stehen muß, neben dem befrackten blonden Mann, der den Anschein erweckte, als sei er nur eben gekommen, um mitzuteilen, daß der Wein ausgegangen sei. Vielleicht lachte sie auch deshalb nicht, weil sie ihre Unschuld daran bekunden wollte, daß ihre sonderbaren Vorväter es auf sich genommen hatten, auch noch über die unbarmherzige Wüstenei zu regieren, die sich auf der anderen Seite des Schlagbaums auftat. Das Gebäude selbst war eine baufällige, farblose Baracke. Einer der Männer, den Kai am Morgen in der Herberge gesehen hatte, kam heraus. »Steig mal aus«, sagte er zu Lucia.
»Warum?« fragte Kai, »hier sind die Papiere. Überhaupt, wir bleiben doch im Land.«

Der Mann beachtete ihn nicht und schlug an das Auto.
»Beeilung.«
Lucia stieg aus und ging hinter dem Mann her ins Haus. Sie verschwanden in einem Raum. Dort zog er sie an sich, fuhr ihr mit seinen großen Händen über die Brüste und zwischen die Beine, setzte sich dann auf einen Stuhl und lehnte sich zurück.
»Was soll das?« fragte Lucia.
»Durchsuchung«, sagte er munter.
»Ich möchte eine Beschwerde einreichen.«
»Beschwerden in dreifacher Ausfertigung beim Wachhabenden. Vielleicht meint der, daß ich's nicht gründlich genug gemacht habe. Es geht auch anders. Dafür haben wir eine Dame.« Er erhob sich langsam.
In diesem Augenblick stürmte Kai ins Zimmer, einen der anderen Polizisten am Arm mitzerrend.
»Oh«, sagte der erste, »warum haben wir es denn so eilig? Schon gut, du kommst gerade recht. Paß, Autopapiere.«
»Was ist hier vorgefallen?«
»Papiere!«
»Gib sie ihm«, sagte Lucia leise.
»Sehr vernünftig; du hast eine vernünftige Frau. So, das macht zweihundert Gulden.«
»Wofür?«
Die Polizisten blickten sich erstaunt an.
»Was die immer alles wissen wollen, he?« sagte der Mann, der Lucia abgetastet hatte.
»Zweihundert Gulden. Sonst kannst du hier noch 'ne Weile warten.«
Kai nahm seine Brieftasche und zog die Scheine heraus.
»Die kriegst du zurück, wenn du hier wieder vorbeikommst. Falls du hier wieder vorbeikommst.«

»Ich möchte einen Beleg.«
»Übermorgen.«
Lucia streckte Kai die Hand entgegen. Er nahm seinen Paß vom Schreibtisch, in den keiner einen Blick geworfen hatte, und steckte ihn ein. Langsam gingen sie hinaus.
»Sehr vernünftige Leute«, hörten sie die beiden sagen, bevor die Tür hinter ihnen zufiel. Schweigend saßen sie im Auto. Der Schlagbaum wurde geöffnet, und ohne die grinsenden Gesichter hinter dem Fenster zu beachten, fuhren sie in die Südlichen Niederlande hinein.

9

Vor dem Hintergrund einer Landschaft und einer Stimmung werden sich jetzt in schnellem Tempo drei Dinge ereignen. Die Landschaft auf der anderen Seite des Passes ist gnadenlos. Demetrios sagt in seinem Essay über den Stil: »An so einem Ort könnten viele ähnliche Beispiele für Charme angeführt werden.« Und das trifft natürlich auch auf den negativen Charme der Häßlichkeit zu. Die Versuchung ist groß, an dieser Stelle den niederschmetternden Anblick des Felsengebirges nochmals ausführlich zu erörtern, vor allem, wenn man das gern tut, doch ich bleibe bei gnadenlos und bei der Stimmung, die diese Landschaft bei Kai und Lucia hervorruft.

Sie nehmen die von der Straße abverlangten Kurven, Kai wird es schlecht, und so müssen sie anhalten. Sie halten am Rande eines Abgrundes, und sobald er ausgestiegen ist, weht der eisige Wind ihm eine Winzigkeit Staub, Grus oder Glas ins Auge, genau wie es ihm der Traum vorhergesagt hat. Im Rückspiegel versucht er zu sehen, was es ist. Wer etwas ins Auge bekommt, kann sich selbst nicht gut sehen; er blickt durch einen wäßrigen Fleck und sieht im Spiegel jemanden mit einem anderen Auge als dem gewohnten, oder er sieht sein Auge vielleicht zum ersten Mal. Ein Mensch betrachtet, so glaube ich, mit seinen Augen vor allem sein Gesicht und nicht seine Augen, denen weicht er aus, obgleich er sie sieht.

Wird man, wie Kai jetzt, gezwungen, es von ganz nah doch zu tun, dann sieht man das sonderbare, einzelne Ding, das ein Auge ist, mit dem rötlichen Schleier von Blut, und das macht Angst. Doch es ist hier noch viel schlimmer: Wenn das, womit man sieht, anders geworden ist, dann wird vielleicht alles anders, und man selbst wird ein anderer. Dergleichen geschieht mit Kai. Ist er nun plötzlich ein anderer? Nein, natürlich nicht. Ins Ganze, das er ist, wurde eine Kerbe eingeschnitten, ein *quél* wird es später jemand in einem Schloß im Süden nennen, und wie das mit Verletzungen ist, auch wenn sie noch so geringfügig sind, ein Teil dessen, der man ist, verschwindet darin. Kurz darauf nimmt er eine Kurve zu weit und fährt gegen die Felswand, wodurch der linke Kotflügel derart in den Reifen gedrückt wird, daß sie nicht weiterfahren können. Jetzt stehen sie da in der stillen Landschaft. Erst nach langer Zeit hören sie Motorengeräusch, können jedoch nicht abschätzen, aus welcher Richtung es kommt. Sie haben sich an die Straße gestellt, um das Auto anzuhalten. Das Geräusch verschwindet hinter den Felswänden, taucht wieder auf, verschwindet dann wieder und kommt lauter zurück.
Schließlich erscheint ein großer schwarzer Tatra, das tschechische Auto, das noch am ehesten einem Tier gleicht, der einzige Wagen mit Rückenflosse, ein Raubtier. Er hält nicht an, doch in der Sekunde des Vorbeifahrens sehen sie das weiße, eiskalte, scharfe Profil einer Frau. Wie aus Eis, denkt Lucia, und das Bild stimmt. Nicht nur das; es gehört, wie das Vorbeifahren des Autos, zur natürlichen Ordnung. Hier verläuft alles so. Sie werden ihren ersten Auftritt in Dachfart verpassen, und auch das muß so sein.

Ein anderes Auto kommt näher, in dem drei Grenzpolizisten sitzen. Es sind andere, und sie sind neugierig; sie wollen alles sehen, Koffer, Papiere. Einer hält Lucias Glitterkleid vor seine Uniform und macht einen Tanzschritt, und das ist vor dem Hintergrund der kahlen Berge lustig.
Der zweite sagt nichts, läßt den Stoff durch seine Finger gleiten und schaut Lucia an, der dritte ist freundlich. Er will wissen, was sie machen, bittet um eine Vorführung. Das wird ihr erster Auftritt im Süden. Der Wind rüttelt an ihren Kleidern, die Kälte beißt. Der Grenzpolizist hat Kai ein graufarbenes Dokument gegeben, Kai hat Lucia die Augen verbunden, sie steht ziemlich weit von ihm entfernt und hat Angst, in die Schlucht zu stürzen. Auf Kais Gesicht liegt jetzt der Ausdruck tiefer Konzentration. Er blickt auf das Papier, streicht mit der linken Hand darüber, als wolle er es verzaubern, macht dann mit der rechten Hand die gleichen kreisförmigen Bewegungen. Die Augen der drei Männer folgen ihm. Dann hebt er, beinahe heroisch, den Kopf. Aus dem Kosmos kommt eine Botschaft, die er mit seiner Geisteskraft Lucia mitteilen muß, denn nur sie kann sie entziffern.
»Bist du soweit?«
»Ja.«
»Spürst du die Kraft?«
»Ja.« Sie hebt eine leicht zitternde Hand in die Höhe.
»Was habe ich hier, Lucia, was habe ich hier?«
»Grau . . .«
»Ja.«
»Papier . . . ein Heft?«
»Ja?«

Die gehobene Stimme und der fragende Tonfall läßt sie zögern. Während diese Szene stattfindet und ich sie aufschreibe (so etwas geschieht gleichzeitig), frage ich mich, ob Semiologen sich schon einmal in die Codierungen des Illusionismus vertieft haben. Lucias goldenes Haar flattert um die Augenbinde. Sie sieht, daß die Männer nicht wissen, auf wen sie schauen sollen.
»Was steht darauf?«
»Eine Nummer.«
»Aus wieviel Ziffern besteht diese Nummer?« Es sind sieben.
»Aus . . . sieben Ziffern.«
»Und welche Nummer ist es?«
»Zwei . . . drei . . .«
»Zwei, drei . . . und dann?«
»Neun.«
»Gut.«
»Sechs.«
»Noch vier Zahlen.«
»Fünf.«
»Sehr gut.«
»Sieben sechs.«
Beifall, unterstützt von einem Windstoß. Kai nimmt ihr die Augenbinde ab, und sie schüttelt ihr Haar. Sie strahlt. Ein Saal oder drei Männer auf einer Landstraße, das ist kein Unterschied. Sie hatte ihren Auftritt, sie hat die Umgebung um eine Winzigkeit verändert, sie hat etwas an dem Tag verrückt. Minimal, aber trotzdem. Jetzt ist sie glücklich wie ein Schriftsteller, der ein Märchen erzählt, ohne sich selbst dabei zu unterbrechen. All diese Dinge werden uns genommen; was bleibt, sind die Schatten früherer Visionen. Tiburón, schweig!

Die drei Männer biegen mit einer Eisenstange den Kotflügel vom Reifen weg, das ist ihre Zauberkunst. Gut eine Stunde später fahren sie – eskortiert vom Polizeiwagen – in Dachfart ein. Finstere Laubengänge, Hinweis-Schilder, auf denen Amsterdam steht, mit einer vierstelligen Zahl dahinter, und weitere unmögliche Namen, alte amerikanische Schlitten. Straßen voller Schlaglöcher. Aber auch etwas Anheimelndes, dachte Kai (vor allem, weil ich es will), Trauben von Männern in dämmrigen Kneipen, Obstkarren und schmorendes Fleisch über flackerndem Feuer. Als sie bei dem verfallenden Theater ankommen, sieht Lucia, er nicht, wie einer der Grenzwächter den anderen mit einem Kopfnicken auf den schwarzen Tatra aufmerksam macht, und wie der andere die Achseln zuckt. Sie denkt an das Gesicht der Frau und schaudert, als wären diese Frau und die Abendluft ein und dasselbe.

10

Der Direktor des Theaters schwitzt, das ganze Theater riecht nach Schweiß und Schminke. Das muß so sein, als Gegengewicht zu Fächer und Eau de Cologne. Für Kai und Lucia gibt es jetzt keine Berge mehr, keine Kälte und keinen Süden. Es gibt nur noch nervöse, durcheinanderrennende Leute in den Gängen hinter der Bühne, ganz oder halb geschminkte Gesichter, das Hin und Her von Witzen und Anspielungen, den tiefen Glanz falscher Juwelen, die Maske des Clowns und seine außergewöhnlichen Schuhe, das Stimmen der Instrumente. Nichts ist echt, also stimmt alles. Eine kleine Garderobe wird ihnen zugeteilt, das Wasser aus dem Hahn hat die Farbe verdünnten Blutes, benutzte Wattebäusche mit Wimperntusche liegen herum, der Spiegel hat einen Sprung und bricht ihr vollkommenes Bild. Was sie spüren, ist Erregung, alles andere ist unwichtig. Was sie hören – so wie ein Seemann in der Ferne das Meer hört –, ist das für andere unhörbare Summen des Publikums, ein lebendiges Tier, das sie fressen oder ausspeien wird. Das Kleid, das vor der Uniform des Wächters ein obszönes Fähnchen war, glitzert im trüben Licht; Kais Kostüm ist eine falsch verstandene Barock-Variation, sein Glanz hat einen Stich ins Violette, abgestimmt auf seine Haarfarbe; er pudert sich das Gesicht weiß und wird häßlicher, so daß er im Saal gleich schöner sein wird, eine perverse Form der Schönheit,

die auf der eigenen Verneinung beruht, so wie jene Schauspieler der zwanziger Jahre, die zwar den Mund bewegten, aber keinen Laut hervorbrachten.
Es klopft an der Tür, es ist Zeit. Sie stellen sich in den Kulissen auf und sehen, wie der Clown, ein alter und dicker Mann, einen Ball aufzufangen versucht, den er hochgeworfen hat. Aber der Ball, der das Schicksal verkörpert, hat ein Eigenleben. Er ist der Gegner des Clowns. Er täuscht, weicht aus, entwischt, wirft den Clown um, der immer älter und niedergeschlagener wird und schließlich in einem letzten Versuch, die unwillige Welt zu beherrschen, unter dem lauten Gejohle des Publikums, der Länge nach hinfällt und langsam, jammernd und auf allen vieren davonkriecht, vorbei an Kais und Lucias Beinen, die nun auf die Bühne kommen. Es wird still, und das ist eine Stille, die sie kennen, die Stille des Publikums, das sich seiner eigenen Armseligkeit bewußt wird. Sie sind zu schön und haben nur wenige Minuten, um das wiedergutzumachen, Minuten, die den Unterschied zwischen Liebe und Haß bedeuten. Hinzu kommt, daß sie ein *Paar* sind. Ich mochte dieses niederländische Wort immer, das spanische ist zu lang. *Pareja* – wenn man es schön hart ausspricht, bindet es zwar, aber es nimmt nie so einen absoluten Ton an wie *Paar*. Das Paar ist die kleinste menschliche Vereinigung, die es gibt, und wird – weil es andere ausschließt – unerträglich. Es ist eine platonische Idee, und das ist in der Wirklichkeit nicht zu ertragen, schon gar nicht, wenn die Idee, wie bei Kai und Lucia, offenbar unverwundbar geworden ist, ohne Fehl auch sie.
Während die Stimme des Direktors hinter ihnen die

Ansage macht, geht Kai in den Saal hinein. Die Stimme sagt: »Hören Sie gut zu! Wenn Sie etwas Geheimzuhaltendes bei sich haben, etwas Kompromittierendes, etwas, was kein anderer wissen oder sehen darf, verstekken Sie es, verstecken Sie es gut – denn jede Notiz, jedes Dokument, jeder Brief, den Kai berührt, kann von Lucia gesehen, buchstabiert und vorgelesen werden! Durch die magische Kraft, die er in ihr weckt, sieht sie alles, ausnahmslos!«
Kai weiß es schon: es ist ein gutes Publikum. Es glaubt noch, ist noch nicht verdorben. Wie ein Pfau steht er zwischen den Reihen, sucht seine Opfer aus, sieht, wen er gebrauchen kann und wen nicht; seine Erscheinung, seine Nähe, sein nördlicher Akzent erregt die Anwesenden, die Blicke wandern von ihm zu der statuengleichen Frau auf der Bühne; eine blonde Frau im Licht, die sich sanft wiegt, als werde sie schon jetzt von geheimnisvollen Kräften bewegt, die hinter ihrem Schleier aus Finsternis die Namen und Zahlen aus dem Saal an sich zu ziehen scheint. Ist es ein Trick oder schickt er Zahl um Zahl, Buchstabe für Buchstabe durch die Luft, und – ein schrecklicher Gedanke – sehen die beiden Zauberer mehr als sie sagen, kennen sie auch die anderen, dunkleren Geheimnisse, die wir alle mit uns herumtragen?
Hinten im Saal, in einer Loge, sitzt die Frau aus dem Tatra. Kai wird sie erst sehen, wenn er ganz nahe herankommt, wenn es zu spät ist. Sie sitzt nicht allein in der Loge.
»Nun los, warum schämst du dich denn – erzähl doch deine Geschichte!« Das sage ich zu mir selbst, hier in Zaragoza, oder besser gesagt, zu einem Teil von mir, dem Inspektor, der sich immer verantworten möchte.

Als Illusionist wäre mir kein langes Leben beschieden! Wie ist es möglich, daß auch ich sehe, was sich dort hinten in der Loge abspielt? Dumme Frage, und zu spät. Wie ist es möglich, daß ich mitgegangen bin auf die Reise, gesehen habe, was nicht einmal Kai sah, daß der Grenzwächter Lucia demütigte, woher weiß ich, was sie denken? Es ist, als erklärte Kai seinem Publikum, wie er sein Spiel macht, und das ist die schlimmste Art der Publikumsbeschimpfung; sie widerspricht allen Regeln. So etwas untergräbt die Glaubensbereitschaft, verdirbt den Genuß. Ich werde es ab sofort unterlassen. Schlechter Straßenzustand.

Aber nun sind wir schon in der Loge. Sie ist nicht allein, dennoch ist es das beste, sich zunächst ihr zuzuwenden. Wie alt sie ist, läßt sich nicht sagen. Eis, dachte Lucia, oder vielmehr der Anschein von Eis, das wie Glas aussieht, was die Franzosen in ihrem Wort für Eis, ›glace‹, bewahrt haben. Diese Frau läßt nicht zu, daß man sie anblickt, um etwas über sie zu erfahren; ihre Haut reflektiert den Blick, und der Gedanke, der sie weiterhin umschwirrt, weiß, daß es besser so ist; denn würde der Gedanke zugelassen, er würde hineingezogen in die eiskalte Welt, die unter diesem Glas existiert. Sie ist die Schneekönigin, so wird sie genannt. Ohne es je in Worte fassen zu können, wird Kai es später sehen: Diese Frau gehört derselben Kategorie an wie Lucia, der Kategorie der vollkommenen Körper, dieser Körper dient aber dem Tod. Sie beobachtet Kai, wie er näherkommt, wie eine Spinne, die auf die Fliege lauert. Sie sagt etwas zu dem älteren Mann neben ihr, der mißbilligend den Kopf schüttelt, ihr dann aber doch den gewünschten Zettel gibt, mit den Schultern zuckt, nicht wissen will, was sie aufschreibt, nicht sehen will, daß sie ihn dem jungen Mann reicht, der hinter ihnen in der Loge sitzt. Die Zuschauer müssen sich umdrehen, um Kai zu folgen, als er, vom Scheinwerferlicht begleitet, auf die Loge zugeht. Als der Lichtkreis die Frau und die beiden Männer erfaßt, geht ein Seufzer durchs Publikum, wie bei einem Boxkampf, wenn nach vielen mittelmäßigen Kämpfern endlich die Meister antreten. Den Zuschauern ist die Frau bekannt, sie hatten sie nur vergessen oder die Frau gehörte zur Spannung des Abends, nur weil sie da war, doch jetzt ist sie nicht mehr zu übersehen, sie sitzt da wie eine erstarrte weiße Puppe, ihre Juwelen reflektieren das Licht und blenden den Mann, der vor ihr steht und weiß, daß er nicht mehr zurück kann. Sie fixieren sich, doch nicht als Ebenbürtige. Ich kann eine Stecknadel fallen hören.

11

Lucia spürt den Schmerz in seinem Auge, spürt, daß sie das Publikum verloren hat, dessen Atem die Richtung geändert hat. Durch die undurchlässige Augenbinde sieht sie seine Gestalt hinten im Saal. Sein Körper verdeckt die Frau in der Loge, doch Lucia weiß, daß sie dort sitzt. Sie sieht, daß der ältere Mann neben ihr, der das Gesicht eines Schauspielers hat, der einen Offizier spielt, nicht gesehen werden will. Der andere Begleiter ist für sie nicht sichtbar. Er ist es, der Kai jetzt den Zettel gibt.

»Lucia, hörst du mich?« Das Publikum dreht sich um wie ein Stier in der Arena.

»Lucia?«

»Ja.«

»Ich hab hier . . .« Er dreht sich um. Lucia wendet wie in Trance den Kopf ab und sagt: »Einen weißen Zettel.« Der Stier grummelt, schüttelt den großen Kopf.

»Kannst du sehen, was darauf steht?«

Ich stehe darauf, du stehst darauf. Sie denkt es, darf es aber nicht sagen. Er geht einen Schritt zur Seite. Sie sieht die Frau, den jungen Mann dahinter, der sich begierig vorbeugt. Er ist blond, hat aber dennoch etwas Zigeunerhaftes. Er genießt.

»Er ist von einem Mann . . .«

»Ja . . . Nein . . .«

Wenn wir nicht an das Übernatürliche glauben, und das

ist eine Vereinbarung, woran glauben wir dann? Er hat seinen Code, um ihr mitzuteilen, daß dies nicht glücken wird, daß sie überlegen muß, wie sie sich aus der Affäre zieht. Was daraufsteht, könnte er sie sagen lassen, allein sie darf es nicht sagen.
Weiß ich, was da steht? Ja, ich weiß es. Lucia kann es raten. Wir sagen es nicht. Dumas, père et fils, lachen mich aus. Niemand im Saal weiß, was daraufsteht. Niemand außer der Frau, die es geschrieben hat, und Kai, der es liest. Die Macht, wenn man es so nennen will (ich nicht), die ich habe, ist die eines Mannes in einem Klassenzimmer, der sich etwas ausdenkt. Eine Geschichte erfinden heißt Entscheidungen treffen. Das ist alles, was ich tun kann. Lucia steht bewegungslos zur Gruppe in der Loge hingewandt.
»Keine Zahl . . .?«
»Nein.«
»Wörter, ich sehe Wörter.«
»Ja.«
Sie fängt an zu zittern. Er dreht sich langsam um, und sie tut das einzig Mögliche.
»Sie sind . . . so stark . . .«
Dann sinkt sie, wie es nur eine Akrobatin kann, im Zeitlupentempo zu Boden. Unendlich langsam falten sich ihre Glieder ineinander, sie rollt sich in sich selbst ein, auf denselben Brettern, wo kurz zuvor noch der gedemütigte alte Clown herumkroch, zerfällt, was eben noch als Frau dastand, zu einer bebenden Pyramide aus Stoff, die immer mehr schwindet, bis die Frau schließlich totenstill auf der Bühne liegt, den Kopf mit all dem Haar kunstvoll vornüber gebeugt, so daß er im Rampenlicht tiefgolden schimmert.

Mit wenigen Schritten ist Kai bei ihr, hebt sie auf, ein Pfau mit einem Pfau in den Armen. Vorsichtig stellt er sie aufrecht hin. Sie steht da, als suche sie Halt in der Luft, die sie umgibt. Der Stier murmelt. Dann dreht sich Kai schnell zur ersten Reihe, so daß das Licht die Pailletten kurz aufblitzen läßt, ergreift hastig das Dokument, das jemand bereithält, geht zum Mittelgang und läßt Lucia sprechen, Name, Zahlen, Alter, Größe, Augenfarbe, und jeder kann es sehen, es stimmt, es stimmt. Getragen von Geschrei und Applaus gehen sie ab, kommen noch einmal zurück, lachend, sich verbeugend, beinah tanzend zu den Tönen des armseligen Orchesters.

Das Publikum klatscht weiter. Lucia hat die Augenbinde abgenommen. Kai blickt sie fragend an, und sie nickt. Sie haben die Gewohnheit, wenn der Beifall stark genug ist, noch einmal einzeln auf die Bühne zu gehen, Lucia zuletzt. Sie hört den Applaus und geht im Halbdunkel hinter der Bühne an Kai vorbei. Dann steht sie allein im Licht, als könne sie von diesem harten bäurischen Klatschen leben, und geht ab, bevor es nachläßt. Sie sieht Kai nicht und läuft zur Garderobe.

Die Tür steht offen, aber er ist nicht da. Es ist zu früh, um Gewißheit zu haben, und dennoch weiß sie es. Er ist weg. Sie geht zur Bühne zurück, wo ein Sänger seinen Auftritt hat, blickt aus den Kulissen in den Saal. Die Loge ist leer, die Frau und ihre Begleiter sind verschwunden. Sie will seinen Namen rufen, aber sie kann nicht, sie sucht den Ausgang, der in den Saal führt. Als sie ihn gefunden hat, irrt sie in ihrem auf einmal lächerlich wirkenden Kleid durch die halbkreisförmigen Gänge, bis sie bei der Loge ankommt. Auch diese Tür steht offen. Sie blickt auf die abgewetzten Sessel, sieht das Publikum von hinten, eine verkehrte Welt, die ihre Angst steigert. Sie sieht den Zettel nicht, der unter einem der Stühle liegt. Sie rennt zurück, sucht den Direktor, findet ihn nicht, rennt an ihrer Garderobentür vorbei und in die nächste hinein, in die des Clowns. Der Ball liegt viel zu groß und gelb mitten im kleinen Raum, die unförmigen Schuhe mit den hochgebogenen Spitzen sind an einen alten Koffer gelehnt, und der Mann im abgetragenen Flanellhemd, der sich vor dem Spiegel abschminkt, ist eine alte Frau.

12

Kai leistete keinen Widerstand, als die beiden Männer das schwere dunkle Tuch über ihn warfen, es ging zu schnell. Es waren nicht die Männer aus der Loge, das konnte er noch sehen, sonst aber nahm er nichts wahr, außer den beißenden, betäubenden Geruch dieses Tuches und das Gefühl eines langdauernden Fallens, das nie enden würde, selbst dann nicht, als er wieder wußte, was sich ereignete. Auch im Auto fiel er weiter, und die Zeit, in der das geschah, war nicht zu messen. Jetzt lag er in einem Zimmer, regungslos, immer noch fallend, und obwohl es kein Maß gab in der Gesamtheit der Zeit, in der sich dies zutrug, gab es Unterschiede im Fallen selbst. Während seines langsamen Fallens schossen ihm andere, schnellere Bilder durch den Kopf, und manche dieser Bilder gehorchten einer anderen Schwerkraft als jener, der er gehorchen mußte; das, wovon sie angezogen wurden, befand sich seitlich von ihm, eher noch über ihm, so daß sie, nach oben fallend, seine Bahn kreuzten, wodurch das Schwindelgefühl und somit seine Angst zunahm. Auch wenn er die Augen schloß und seine Hände den Rand des Bettes umklammerten, sah er sie. Die Kurven der Straße, das Scheinwerferlicht des Tatra, der viel größer war, als es von außen den Anschein hatte. Nicht nur er saß im Auto, eingeklemmt zwischen den beiden Männern, auch sie fiel durch sein Bild, so wie er sie schon sitzen gesehen hatte als er zum

Auto kam, sie mit dem gleichen Blick wie im Theater. Und auch sie saß zwischen zwei Männern, aber sie war frei. Wie lange waren sie gefahren? Er erinnerte sich an hell und dunkel, dunkel und hell und das gleiche noch einmal, aber es gab keine Reihenfolge. Nun sieht er sich selbst, am Straßenrand, gedemütigt, sich erbrechend, und später, in der Dunkelheit hockend, während ihn jemand sanft mit dem Schuh in die Seite stößt. Auch Lachen, doch er hat es nur gesehen, nicht gehört. Sie hatte nicht gelacht. Und sie sah ihn nicht, als er am Straßenrand hockte, das Auto wie eine geschlossene Form im Halbdunkel. Die Straße, die Straßendecke, er hatte sich mit einer Hand darauf gestützt, als er umfiel. Das Grau des verklumpten Schotters, der Geruch des Asphalts, der sich rissig anfühlte, uneben, eine schlechte Straße mit sandigen Stellen wo Asphalt hätte sein müssen, gefährliche Bankette, *cuestas irregulares*. Wälder, wie schwarze Massen. Schnee? Ja, nur weiter oben, nicht dort, wo sie fuhren. Kahle, schneebedeckte Hänge, weit weg. Nadelwälder, wie eine Armee Soldaten. Und Bergrücken, nicht sehr hoch, in immer weiterer Ferne, der eine weniger scharf als der andere. Nichts gegessen, er hatte nichts gegessen. Bloß etwas getrunken aus einer Feldflasche, lauwarm und bitter. Dann sich wieder erbrochen. Und geschlafen, oder geträumt, Lucia, ganz weit weg, unerreichbar. Der Mann, der ihm den Zettel gegeben hatte, schaute zu, als er ins Auto stieg, spöttisch, abweisend. Der ältere Mann, schlafend, oder auch nicht, die Augen geschlossen. Alt, hätte Schauspieler sein können. Im Theater große glänzende Augen, jetzt geschlossen. Und sie unbeweglich, Puppe. Hatte ihn einmal angeschaut, wie hoch oben im Trapez,

vor dem Sprung. Der Blick, der die Entfernung mißt, der Unterschied zwischen fallen und fangen.
Eine Ebene, dann wieder Wälder. Die Straße, die von selbst weiterfließt, die Tiefe des Tals aufsucht, das Sanfteste der Hügel, der Weg, den die Tiere nahmen, bevor es die Straße gab, die Stelle der Krümmung, naturbedingt, die Straße, die über sich hinwegsteigt, an sich vorbeizieht wie die Schlange. Die Straße sucht den Fluß wird eine Brücke wird eine Straße. Der Umriß des Mannes hinter dem Steuer. Schwarze Schultern, schwarzer Hals, Hände am Lenkrad, Licht des Armaturenbretts, Motorhaube, und dann wieder die Straße, nun in die andere Richtung, die, aus der sie gekommen waren, schmal von weitem, immer breiter werdend fliegt sie links und rechts vorbei, rauscht. Dann wieder schlafen, Lärm von Gänsen, dann kein Motorengeräusch mehr, oder nur noch leise. Stimmen. Seine Sprache, und doch nicht seine Sprache. Andere Musik. Schmählich, sie meint ihn, spricht über ihn, er weiß es. Kies, Türen, Gänge, nichts mehr, niemand bei ihm. Er mißt den Raum mit den Augen ab. Hoch, mit zwei großen Fenstern. Er hört Geschrei, dann eine andere Stimme, die ruft, ein Schuß, wieder ein Schrei, Stille, Schritte, Schlafen. Er versucht, an Lucia zu denken, doch er kann den Arm ausstrecken, so weit er will, der Gedanke an sie schwindet. Es ist nicht sein Arm. Jetzt würde er gern an sich selbst denken, aber er kann nicht. Als er es wieder will, ist das Licht anders, nein, nun ist das Licht da. Eine Schale mit Obst steht neben ihm und ein Glas Wasser. Er möchte sich aufrichten. Der Raum dreht sich. Er schließt die Augen, und als er sie wieder öffnet, sieht er das Obst. Es liegt da, ganz ruhig. Lang-

sam, ach so langsam streckt er seine Hand aus und folgt diesem sonderbaren Instrument auf seinem Weg zur größten Frucht, einem Apfel. Dahinter ein Schimmern, und er sieht am äußersten Ende seines Bildes, über seinem Handrücken und dem Obst, ein Knie. Sein Blick richtet sich nach oben, als würde er hochgehoben, und begegnet dem des alten Mannes. Seine Augen sind nicht unfreundlich, haben etwas Mitleidiges.

13

Lucia bleibt in der Tür stehen, die alte Frau hat sich umgedreht und sieht die Panik auf ihrem Gesicht.
»Was ist passiert, kann ich dir helfen?«
»Mein Mann ist weg.«
Die alte Frau weiß, daß Kai nicht bloß für einen Augenblick fort ist, sondern weg. Es gibt ein Unheil, das sofort deutlich wird: das lautere Schicksal. Sie steht auf, nimmt Lucia an die Hand und geht mit ihr durch die Gänge nach draußen. Das schwarze Auto ist verschwunden, das von Kai und Lucia steht noch da, die Reifen durchschnitten. Erst jetzt fängt Lucia zu weinen an. Der Clown nimmt sie wieder mit hinein, gibt ihr etwas zu trinken.
»Was soll ich jetzt tun? Ich muß die Polizei verständigen.«
»Das laß lieber sein. War es die Frau?«
Lucia nickt.
»Man nennt sie die Schneekönigin.«
Lucia wiederholt den Namen. Das sonderbare Wort bleibt in der muffigen Garderobe hängen, zwischen der Clownsmaske, den leeren Schuhen. Eine Bedrohung geht von ihm aus. Sie wiederholt es noch einmal, voller Unglauben und Wut, steht auf und sagt, sie müsse etwas unternehmen.
»Wir werden etwas unternehmen.«
»Warum hat sie ihn mitgenommen?«
Allein der Anblick der alten Frau macht sie ruhiger. Sie

hat ein breites Gesicht, das eine sonderbare Seligkeit in sich birgt, einen Vorrat an Weisheit. Seligkeit, Weisheit, was heißt das schon. Diese Frau ist stark.
»Warum?«
»Weil sie es wollte. Sie hat in der Gegend, wo sie wohnt, viel Macht. Hierher kommt sie nicht oft, und doch kennt sie jeder. Es muß eine Bande sein. Ein Schloß, irgendwo weiter östlich von hier in den Wäldern. Wir werden es schon finden.«
»Eine Bande! Ich glaube nicht an Märchen.«
»Das ist falsch.«
»Was?«
»Nicht an Märchen zu glauben.«
»Warum?«
»Weil sich vieles durch Märchen erklären läßt.«
Das Märchen ist ein Schimmel auf der Wirklichkeit. Travestie, Apologie, Schimmel, Krankheit, Karikatur. Der Clown denkt das alles mehr oder weniger gleichzeitig und sagt nichts. Sie haßt Märchen, das aber ist kein Grund, nicht daran zu glauben. Ich werde noch darauf zurückkommen.
Lucia schaut auf die dicke alte Frau vor sich. »Entführt«, sagt sie leise, als könne sie damit den Augenblick beschwören.
Was mich betrifft, hier in Zaragoza, ich hatte versprochen, mich nicht mehr einzumischen, aber das geht natürlich nicht. Märchen, Travestie, Apologie, ich verstehe zwar, was sie meint, aber so hätte ich es nie formuliert. Sie hat es übrigens nicht gesagt, ich bin doch nicht verrückt. Doch wenn man mir diese Frage stellt? Das kostet mich einen Kilometer. Denn wenn ich nicht weiter weiß, gehe ich im Klassenzimmer auf und ab und

rauche. Ducados, nur inhaliere ich sie nicht, sonst wäre ich schon lange tot. Zehn Ducados sind ein Kilometer, man frage mich nicht, wie ich das ausgerechnet habe, obschon ich die Antwort weiß. In solchen Dingen kann ich übrigens sehr genau sein. Wie kann man eine Geschichte mit »Es war einmal« anfangen, wenn man die Antwort nicht weiß? Niederländisch hilft mir immer, es ist eine beseelte Sprache. *Sprookje,* das, was gesprochen wird, mittels Sprache erzählt. Versprachlicht also. *Sprooc* sagt man im Süden, wo Kai und Lucia sich jetzt aufhalten, und das bedeutet einfach, was jemand sagt, was er redet, seine Worte, Sprache. Sprooc, sproke, eine Fabel, Erzählung; und ich habe sie dort noch gesehen, auf den Plätzen, die *Sproocspreker,* denn so heißen sie. Nun gut, an allen haftet Bedeutung, und es bedeutet etwas, was man zwar noch erzählt, was aber nicht wahr ist, weil es nicht wahr sein kann. Was ist wahr und wann? Ein Mann mit künstlichem Herzen ist ein Märchen von E. T. A. Hoffmann, und das heißt dann Erzählung. Und ein Mann auf dem Mond? Das war vor fünfhundert Jahren undenkbar, damals jedoch war es normal, daß ein Papst ermordet wurde; der Papst mit dem Lächeln, das ist der abscheuliche Name, den sie dem Mann gegeben haben, der nur dreiunddreißig Tage Papst sein durfte, genauso viele Tage wie Christus Jahre gelebt hat. Dann wurde er ermordet, oder ist das ein Märchen? Die Märchen von damals sind die Wirklichkeit von heute und umgekehrt. Doch so komme ich nicht weiter. Was ist ein Märchen? Eine intensivierte Form des Erzählens, so wie eine Erzählung, wenn alles stimmt, keine Imitation, sondern eine intensivierte, ihrer trägen Chronologie entrissene Form der Wirklichkeit ist. Schauen wir mal bei Andersen nach, der oft unvermittelt und explosionshaft beginnt: »Jetzt hört mal gut zu!« Am liebsten würde ich mich natürlich mit jener Frau über den Unterschied zwischen Geschichte, Wirklichkeit und Märchen unterhalten, nur geht das nicht, da sie darin vorkommt, in diesem Sprooc. Und ich nicht, obwohl es manchmal den Anschein hat. Märchen werden nicht unterbrochen, Tiburón, und gewiß nicht von dem, der sie erzählt. Da haben wir's wieder, genau wie früher auf dem Colegio. »Wo sind sie mit Ihren Gedanken, Tiburón? Meine Herren, was Sie da auf der Bank sitzen sehen, ist die leibliche Anwesenheit unseres Freundes Tiburón, doch sein Geist ist irgendwoanders.« Hohngelächter. Daran war ich gewöhnt. Es ist ein Wunder Gottes, daß ich in Delft gelandet bin. Wenngleich sie dort meinten, ich schweifte zu oft ab – das Wort gefiel mir, nachdem ich es begriffen hatte – und ich geriete häufig auf Abwege – ich, der noch dazu Straßenbau studierte. Aber dennoch, was las ich über Diderot? »Die Kunst des Abschweifens ist die intuitive Annäherung an die Komplexität der Wirklichkeit.« Doch was ist Wirklichkeit, und außerdem, ich bin nicht Diderot. Nein, das habe ich noch nicht zu Ende gedacht.

»Wir gehen«, sagte die alte Frau, wobei sie auf Lucia zuging. »Wir werden ihn suchen, und wir werden ihn finden. Zieh dein Festtagskleid aus, pack die Koffer, hol deine Gage ab und sag dem Direktor nichts, denn der ist ein Hund und ein Dummkopf. Und wenn du mich fragst, weiß er's schon längst. Und will nirgends hineingezogen werden. Angst ist hier kuranter als Geld.«

Kuranter, kuranter, dachte Lucia, der das Wort fremd vorkam.

»Gehn wir«, sagte der Clown auf einmal ziemlich streng und wollte ihren Arm um Lucias Schultern legen, weil sie so viel Mitleid mit ihr hatte. Dafür aber war Lucia zu groß, und Clowns leben nun einmal von der Gnade ihrer Unvollkommenheit. Wenn sie nebeneinander standen, reichte die Frau mit dem breiten, offenen Gesicht Lucia nicht einmal bis zur Schulter.
»Gehn wir!« sagte sie noch einmal, »wir gehen *vasewisen.*« Vasewisen, umherschweifen. Dieser Clown war schon oft in den Theatern des Südens hinter seinem großen gelben Ball hergekrochen.

14

Kai hatte drei Fragen an den alten Mann, der ihn so freundlich anblickte. Wo er sei, warum er hier sei, und wann er hier wieder weg könne. Er bekam auch Antwort. Er sei in einem Schloß, das »das Hotel« genannt werde, er sei bei der Schneekönigin, und wenn sie ihn nicht mehr brauche, könne er gehen.
»Das ist kein Hotel«, sagte Kai.
»Nein, das stimmt«, antwortete der Mann, der sagte, daß er Ulrich heiße.
»Ulrich«, sagte Kai, »niemand heißt Schneekönigin.«
»Doch, wenn man dich so nennt.« Darauf gab es keine Erwiderung.
»Warum?«
»Weil sie so aussieht.«
»Eiskönigin wäre besser gewesen.«
Ulrich seufzte.
»Wo ist Lucia?«
»Es geht ihr gut.«
Das klang wie eine Lüge. Die Tür ging auf, und es kam der junge Mann herein, der ihm den Zettel gegeben hatte. Er streichelte über Ulrichs Haar und sagte: »Guten Morgen, Papa.«
»Guten Morgen, Floris.«
»Hat er schon gefragt, wo er ist, warum, und wie lange er bleiben muß?«
»Ja.«

»Genau das habe ich auch gefragt. O Gott, er hat ja noch seine Festtagskleider an. Was hast du gesagt? Wir sind eine Bande, wir leben von Schmuggel und Erpressung, von Korruption, Betrug und Verrat, und du kommst hier nie wieder raus, es sei denn mit den Füßen voran? Paß auf! Wenn du abfällst, wirst du mit dem Tode bestraft, und weil du gefällst, bist du hier. Sie hat dich schon am Straßenrand stehen sehen, und im Theater war sie nicht mehr zu halten.«
Er sah Kai an.
»Hat er das gesagt? Bestimmt nicht. Du bist ein Mann mit Zukunft. Jetzt brauchst du nie mehr dumme Bauern zu betrügen. Ich bin dein Vorgänger, deshalb mag ich dich nicht. Ulrich ist mein Vorgänger, deshalb haßt er mich. Doch Ulrich ist alt, hab ich recht, Ulrich? Alt und abgeschoben, wird noch für Ratschläge gebraucht. Er ist immer dagegen, auch in deinem Fall ist er dagegen, aber nicht, um mir eine Freude zu machen. Warum eigentlich, Ulrich? Gerührt von goldenem Haar und jungem Glück? Ich spreche diese Scheißsprache nicht, aber Ulrich kann gut *ruochen.* Er kümmert sich gern, sagen wir. Auch ganz schön. Aber Ulrich ruocht.«
Kai versucht sich aufzurichten.
»Was muß ich hier tun?« fragte er. Die beiden Gesichter verschmolzen ineinander, er spürte, daß er wieder aufs Bett gedrückt wurde. Aus dem einen Gesicht wurde eine bewegte Maske. Es drückte alles gleichzeitig aus, Haß, Argwohn, Eifersucht, Mitleid. Doch wenn es sprach, hatte es nur Floris' Stimme.
»Zweimal dasselbe fragen ist dumm. Du bist hier, um zu gefallen. Nach einem halben Jahr hast du Hurenmanie-

ren, genau wie ich. Dann erkennst du dich selbst nicht wieder.«

Kai hat ihn nicht gehört, nur das Geräusch seiner Stimme, das ihn wegzieht, irgendwohin, wo er nicht sein will. Er hat ihn noch einmal gefragt, warum er denn da sei.

»Weißt du immer, warum du irgendwo bist? Ich bin doch auch hier.«

Er streichelt über Kais Haar, der den Kopf abwendet und das Zimmer schwanken sieht.

»Ich würde mir keine Gedanken machen. Wenn du fünf Kilometer weiter weg wärst, wüßtest du es auch nicht. Du bist hier, weil du so schön bist.«

Die Masken brechen auseinander. Das Mitleid beugt sich vor, der Spott steigt plötzlich so schnell auf, daß Kai ihn nicht mehr sehen kann.

»Alles kommt wieder in Ordnung«, sagt Ulrich.

»Nicht *ruochen*, Ulrich. Es kommt nicht in Ordnung. Das ist die dritte Stufe der Hölle, und wir kommen hier nie wieder raus, auch er nicht. Denn denk dran, Zauberer«, und da ist das bittere Gesicht auf einmal wieder ganz nah bei ihm, »jetzt bist du noch zu nichts in der Lage, aber wenn unser Liebeselixier nicht mehr wirkt, versuch nicht zu fliehen, sonst geht das hier quer über deine Kehle und hindurch.«

Das Messer, kurz, gebogen, glänzend und scharf geschliffen, hängt bewegungslos über ihm. Kai schließt die Augen.

»Und wann dürfen wir ihn waschen? Es stinkt wie eine Zwibolle.«

Nun erklingt eine andere Stimme. Als er die ersten Worte hört, kommt es ihm vor, als zerbreche Glas, einzelne Scherben, die auf Stein fallen.

»Laß ihn schlafen.«
Was bleibt, ist dieser Ton. Die einzelnen Worte schwinden, nur der Klang bleibt hängen, hoch und seltsam, als ob jemand mit einem nassen Finger über den Rand eines Glases fährt.

15

Die Nacht, an die Kai sich nicht mehr erinnern kann, ist in Lucias Gedächtnis eingeritzt. In dem Wort steckt etwas von Stein auf Stein, und so ist es auch. Das Gedächtnis ist nicht immer eine weiche Masse, die zerfließen will. Das Auto des Clowns glich einem Planwagen, es fehlte nur das Pferd, aber es war nicht sicher, ob sein Motor nicht doch ein Tier war. Sie mußte ihm gut zureden und ihn beschwören, ehe der Wagen sich in Bewegung setzte. Später fragte sich Lucia, woher die alte Frau wußte, wohin sie fuhr, und es ist nur gut, daß sie die Frage nicht auch gestellt hatte; denn der Clown hatte keine Ahnung. Nach Osten, mehr wußte sie nicht.

Hinten im Vehikel lag eine Matratze, daneben wackelte der Koffer mit den Schuhen und dem karierten Kostüm, der gelbe Ball rollte sinnlos hin und her. Mit dem dazugekommenen Gepäck von Lucia war es jetzt arg voll, und der Wagen zuckelte langsam einen Hügel hinauf. Draußen war es still, Verkehr gab's kaum. Manchmal sahen sie den Mond mit einem Gefolge von Sternen, dann wieder schnelle, lange, dunkle Wolken, die über den Himmel zogen, in Eile, irgendwohin zu kommen. Andere Wolken, dachte Lucia, von einer jüngeren und geschmeidigeren Art, als sie es gewohnt war. Ihr schnelles Vorbeiziehen warf flüchtige Schatten über die Landschaft, Felsbrocken fielen – so schien es – langsam auf die Straße herab, hohe Bäume beugten sich schräg und drohend über das Auto, alles um sie her war in Bewegung. Später in der Nacht, als der Mond eine Lichtung sehen ließ, hielten sie an. Die alte Frau mußte die Stelle kennen; denn sie fuhr das Auto hinter ein Gebüsch, so daß es von der Straße aus nicht zu sehen war. Hier war es erst wirklich still, jene vollkommene, absolute Stille, die zur Abwesenheit anderer Menschen gehört und dadurch die Vorstellung der eigenen Abwesenheit hervorruft, so daß es den Anschein hat, als sei man in Wirklichkeit gar nicht vorhanden.

So still muß es gewesen sein, als es noch keine Menschen gab, dachte Lucia. Die alte Frau hatte die Petroleumlampe angezündet, Brot und Käse hervorgeholt, und sie hatten schweigend gegessen. Danach war sie weggegangen, und Lucia hatte sie pinkeln hören, aber nicht dies befremdete sie, sondern vielmehr die Stille, die nach jeder Handlung aufs neue hereinbrach, die durch unbekannte und unerwartete Geräusche verstärkt wurde; denn für jemanden, der immer in der Stadt gewohnt hat, wird die Stille durch solche Geräusche nur noch verstärkt.

»Komm, wir gehen schlafen«, sagte der Clown. Sie stiegen aus und kletterten in den Kofferraum.

»Du brauchst dich nicht zu fürchten.«

Sie wußte, daß Lucia jetzt an Kai dachte, aber das war es ja gerade, da täuschte sie sich. Lucia versuchte es zwar, doch es gelang ihr nicht. Zum ersten Mal seit vielen Jahren sollte sie eine Nacht ohne ihn verbringen. Sie empfand es wie einen Schmerz, an ihr fehlte etwas, und der Gedanke, der zu diesem fehlenden Teil gehörte, wollte nicht zurückgerufen werden. Sie konnte sich einfach nicht vorstellen, wo er jetzt war und was er dachte, und damit schwand jede Vorstellung von ihm aus ihren Gedanken. Er war nicht da, die Stille und die Finsternis brachten ihn nicht zurück. Die Frau neben ihr fühlte sich wie etwas sehr Großes und Rundes an, etwas, das aus Wärme und Atem bestand, dem Atem einer Schlafenden. Das wirkt sehr beruhigend, denn es scheint, als sei so ein Mensch mit dem Meer verbunden und dadurch mit einer viel stärkeren, unnennbaren Bewegung.

Längst nicht alle wissen, was die Welt ist, auf jeden Fall aber ist sie eine Uhr. Bei mir in Zaragoza ist es nun Abend. Wer Lust hat, kann das überblättern, die Geschichte geht nachher weiter. Es ist nicht meine Gewohnheit, abends zu arbeiten, aber heute ging es nicht anders, tagsüber hatten wir fast vierzig Grad. Ich habe mich soeben für ein Weilchen auf die Dachterrasse der Schule begeben. Meistens kann man sie in einer Stadt nicht so gut sehen, aber heute abend habe ich sie ganz deutlich gesehen, die Sterne, dieselben, die Lucia durch die schmutzige Heckscheibe des Autos sieht, wenn sie die Augen aufschlägt und es wolkenlos ist. Ach, wie gut, daß sie nicht weiß, was ich weiß, daß es mehr Sterne gibt als alle Sandkörner von sämtlichen Stränden der Welt zusammen genommen und daß viele Sterne sogar ihre eigenen Planeten haben. Das hätte ihr Angst gemacht, so wie der Ruf der Eule, den sie nicht kennt. Er ist der Stimme eines verirrten Geschöpfes ähnlich. Geraschel, brechendes Geäst, doch die Frau neben ihr atmet ruhig weiter. Schließlich schläft auch Lucia ein, und nun ist es, als schliefe auch mein Buch. Davor fürchte ich mich vielleicht, es liegt vor mir auf dem Tisch, summt und atmet leise vor sich hin, es plustert sich langsam auf und wird wieder kleiner, genau wie die beiden Frauen, die auf ihrer Matratze nebeneinander im schwarzen Wald liegen, genau wie der bewußtlose Kai, im Tatra befördert. Nur ich bin wach. Vielleicht gibt es auch gar keine Leser, man lasse mich also kurz gewähren. Ich müßte natürlich strenger mit mir sein, indes die Nacht macht schlaff. Zudem – wer liest schon meine Bücher? Niemand kennt mich in Spanien, und wenn mein Verlag sie auch nicht ablehnt, so ist die Auflage doch nie nennenswert hoch.

Es macht mir nichts. Ich möchte zwar schreiben, aber kein Schriftsteller sein, ich weiß nicht, wie ich das ausdrücken soll. Ich glaube nicht daran, Spuren zu hinterlassen, ich glaube nur an Tüftelei, an das, was ich früher schon als Junge denken nannte, ohne daß dies etwas mit denken zu tun gehabt hätte, allenfalls mit meditieren. Gedruckt werden ist laut denken dürfen. Das Märchen als Intensivierung der Wirklichkeit? Nur ist Wirklichkeit so ein glitschiger Begriff. Wenn die Straße Wirklichkeit ist, was ist dann das Träumen der Leute in einem Auto auf dieser Straße? Alles geht von uns aus und kehrt zu uns zurück, und in diesem Sinne ist das Träumen genauso wirklich wie das Schlagloch in der Straße, das einen aus dem Traum wachrüttelt, nur, was ist ein Schlagloch anderes als ein negatives Etwas?

Schreiben besteht daraus, beständig das gleiche zu fragen, und Philosophieren besteht wohl daraus, immer etwas anderes zu antworten; die Geschichte der Philosophie ist die Inventarisierung der Antwort. Was tut jemand, der ein Märchen schreibt? Er macht es sich leicht, er intensiviert die Wirklichkeit nicht, er verformt sie, läßt sie Dinge tun, die sie nicht kann. Er stellt also keine Fragen, er gibt nur Antworten, falsche Antworten, die nicht stimmig sind, und damit tut er der Wirklichkeit Gewalt an, das ist die Intensivierung. Ein Märchen muß demnach mit übergroßen Augen gelesen werden, es wäre doch möglich, daß Verformungen etwas über *Form* aussagen. Aber mit der Wirklichkeit bin ich noch nicht so weit, deshalb verspüre ich auch nie Lust, sie zu imitieren; das überlasse ich anderen, jeder hat schließlich eine eigene. Gleichgültig, ob man über Farben oder das Verrinnen der Zeit spricht, man ist immer nur selbst derjenige, der spricht. Nichts stimmt, habe ich von Spinoza und Hume gelernt, und das ist kein bloßes Namennennen, das ist Gehen mit einem Stock, wie es alle Spanier tun. Darum haben wir auch nur abgeleitete Philosophen, keine wahren. Nichts stimmt, wir selbst sind wirklich, und gleichzeitig wollen wir sagen, was das ist; gleich einem Schatten, der zu seinem Schatten spricht.

Schleicht ein Fuchs, ein Marder ums Auto? Geraschel zum wogenden Atem der beiden Frauen. Der Todesschrei eines kleinen Tieres, eine Spur zwischen den Blättern; lauter solche Dinge, die man im Norden nicht mehr kennt, die ich jedoch mit meiner halbleeren Schachtel Ducados und meinen unfertigen Gedanken noch weiß. Das Auto steht wie eine Kirche da, das Hinterteil nach Osten; das erste Licht schält die Dunkelheit von den beiden Gesichtern, flimmert über Lucias geschlossene Augenlider. Schönheit und Unschuld, so etwas gibt es natürlich nicht. »Ich glaube nicht an Märchen«, hat sie gesagt. Es sollte ihr jemand erklären, daß man, wenn man so aussieht wie sie, in einem Märchen landen muß. Auch vollkommene Schönheit ist eine Verformung, und deshalb eine Form des Schicksals. Mein alter Freund Webster, mehr habe ich hier nicht, und er ist da. *Fairy tale, a tale relating to fairies. Fairy, fata,* wörtlich *afate*, aus dem Lateinischen fatum, Schicksal. Habe ich mich nun weiter davon entfernt oder bin ich näher dran? »Ein imaginäres Wesen mit einer menschlichen Gestalt.« Drei Frauen, drei Feen? Zwei gute, eine böse?

Plötzlich schrickt Lucia hoch und stößt einen Schrei aus. Wesen aus Nebeln, Schleiern, Fetzen, weiß und grau, mit Händen und Gesichtern, schleichen hin und her, bewegen sich vor der Windschutzscheibe des Autos. Sie spürt die Hand der Frau, die die ihre streichelt, und blickt in ein Gesicht, das dieselben Dinge sieht wie sie, jedoch lächelt.

»Was ist das?«

»Das sind die Träume anderer Menschen.« Sie lacht. »Schau«, sagt sie, »das ist es«, und erstaunlich schnell erhebt sie sich und streicht draußen mit den Händen über die betauten Blätter, und mit den nassen Händen reibt sie sich über das Gesicht. Lucia schaut auf die Nebelschwaden, die sich um die Bäume schlingen, und fährt mit den Händen durchs Gras.

»Sie machen sich auf den Heimweg und lassen Wasser für uns da«, sagt der Clown und lacht.

16

Er ist wieder aufgewacht. Diesmal ist niemand da. Er hebt die Hand in die Höhe, die sich nun einfach im Raum bewegt. Seine dummen Kopfschmerzen sind weg. Es ist Tag, kaltes Licht fällt herein, zeichnet das hohe und leere Zimmer. Er steht auf, langsam, zum ersten Mal wieder Herr seines Körpers, und geht an eines der großen Fenster. Auf dem dicken Teppich hört er seine Schritte nicht, auch sonst kein Geräusch. Alles scheint verlassen. Vom Fenster aus sieht er einen anderen Flügel des Gebäudes, in dem er sich befindet, das sehr groß sein muß. Ein mit Klinkersteinen gepflasterter Innenhof, eine Tür in einer geschlossenen Mauer, dahinter Wald, halb entlaubt, ein paar Äste tragen noch schmutziggelbe, fahle Blätter. Hinter den Fenstern des anderen Flügels keine einzige Bewegung. Er denkt an Lucia, sagt ihren Namen laut und erschreckt. Dann wiederholt er ihn leiser, aber es gehört jemand dazu, der sich weigert, zu erscheinen. Leise geht er durchs Zimmer, sieht sich im Spiegel, geht daran vorbei, kommt wieder zurück und betrachtet sich. Er sieht sich ähnlich. Wenn er die Hand bewegt, tut der andere das auch. Diese Dinge sind ganz alltäglich, nur hat er das noch nie erfahren. Das also bin ich, denkt er, und weil er im Spiegel sieht, daß er es immer noch an hat, schaut er an sich herunter, auf Beine und Arme und sieht sein Theaterkostüm, das jetzt so albern geworden ist. Hastig und beschämt zieht er es aus. Neben dem Spiegel eine halbgeöffnete Tür. Vorsichtig geht er darauf zu. Es ist ein Badezimmer. Er betritt es noch nicht, sondern befaßt sich zuerst mit der anderen Tür des Raumes, in dem er geschlafen hat. Die ist abgeschlossen, doch das ängstigt ihn nicht, er findet es angenehm, so wie die Stille und die Abwesenheit der Gedanken. Als würde er einen anderen baden, so fühlt er sich. Und diesem anderen, denkt er, schmerzt das Auge. Er läßt das Badewasser einlaufen, riecht an einem Flakon, der auf dem Rand der Wanne steht, und schüttet ein wenig von der honigfarbenen Flüssigkeit ins Wasser. Dann steigt er hinein. Nachdem er sich hingelegt hat, schlägt er Wellen mit den Händen, als könne er sich auf ihnen wiegen. Erst nach längerer Zeit steigt er aus dem Wasser, trocknet sich mit dem bereithängenden großen Handtuch ab und geht zurück ins Zimmer. Es ist ein wenig dunkler geworden. Auf dem Tisch neben dem Bett steht ein Teller mit Käse und Obst. Zunächst findet er es befremdlich, nackt zu essen, dann setzt er sich aufs Bett und ißt. Als er alles aufgegessen hat, hört er – als hätte jemand auf diesen Moment gewartet – das leise Klicken des Schlosses. Er blickt nicht auf, er weiß es schon. Er fühlt die kühlen Hände auf seinen Schultern, spürt, wie ihm die Nägel ein Kreuz in das Fleisch seines Rückens drücken, gehorcht dem Befehl nur eines Fingers, der ihn umdreht wie etwas, was umgedreht werden kann, und ihn sich gegenüber setzt, jemand, der genauso groß ist. Ihre Augen gleiten über ihn hin wie über eine Generalstabskarte, und ihre Hände, nein, ihre Finger folgen ihnen. Wölbungen, Kurven, Muskeln, Öffnungen, sie untersuchen. Den Raum zwischen seinen Fingern, die Länge dieser Finger, die Oberfläche der Nägel. Während der ganzen Zeit ist es, als sehe er sie nicht. Finger und Augen reisen getrennt, begegnen einander, nehmen wieder Abschied, weichen aus, machen umkreisende Bewegungen, halten an. Es ist, als hätte er zuvor keinen Körper gehabt. Immer mehr schwindet das Licht aus dem Zimmer. Zuweilen geschieht eine lange Zeit nichts, dann zwingt ihn eine leichte Bewegung rückwärts, auf die Seite, sein Arm wird hochgehoben, sein Nacken gebeugt. Und dann, als seien die natürlichen Grenzen dieser Untersuchung erreicht worden, ohne daß er es verstanden hätte, liegt sie in seinen Armen; sie ist zerbrechlich und aus härtestem Glas, und so wie sie ihn jagt, jagt er sie, etwas in ihr, etwas, zu dem lautes Schreien gehören müßte, doch er weiß, daß das nicht möglich ist, alles vollzieht sich in einer gläsernen, unzerbrechlichen Stille, und dennoch scheint es am Ende, als würde sie zerbrechen, zerspringen wie Glas, sterben.

Allein da ist kein Ende, das Zerbrechen verlangt eine Wiederholung, der lautlose Ton ist nun höher, das Zerbrechen schärfer, als müsse er gleich aufpassen, wenn sie aufstehen, um nicht in die Scherben zu treten.

Sein Körper wird immer mehr zu etwas, was er nicht kennt, etwas, was nur für sich selbst besteht, zu dem keine Gedanken gehören, etwas, was funktioniert, was genausowenig wie die realen Dinge, genausowenig wie sie, ermüden kann. Was sein Körper produziert, ist Lust, doch das ist ein Produkt, das sich im Augenblick des Entstehens selbst verzehrt, so daß es in diesem immer dunkler werdenden Zimmer immer kälter wird,

bis es scheint, als sei sein neuer Körper mit einem Messer ausgeräumt worden, jeder geheime Winkel, auch die unbedeutendste Stelle ausgelaugt, ausgewrungen, und er bleibt liegen, leer wie eine abgestreifte Haut. Sie richtet sich über ihm auf, und zum ersten Mal sieht er sie, die er an diesem Tag tausendmal gesehen hat, vorbeihuschend, abwesend, jagend, entwischend, zwingend, wie eine wirkliche Person, aber genauso ausgeräumt wie er selbst und noch immer verschlossen und unzugänglich. Es hat nichts geholfen, denkt er, hier hilft nur schlachten, zerbrechen, aber sie sagt und sitzt dabei aufrecht, ein leuchtendes, erstarrtes Bild im Dunkel:
»Wir sind *versibbet.*«
»Versibbet?«
Er versteht sie nicht. Jetzt sieht es wahrhaftig so aus, als lache sie. Sie krümmt den Zeigefinger ihrer linken Hand, dann den der rechten, schlägt beide Haken ineinander und zieht, als würden sie sich nicht mehr lösen.
»Versibbet«, sagt sie und verschwindet, so lautlos wie sie gekommen war.
Er wartet auf das leise Einklinken des Schlosses, das ihn wieder allein läßt.

17

Es war Tag, die Nebel hatten sich verzogen und ihre Geister mitgenommen. Wie alle Menschen, die in einer fremden Umgebung wach werden, fing Lucia an, die Welt zusammenzuzählen, und weil das eigentlich nicht geht – die Kälte und die Hand derjenigen, die neben ihr schläft, und die Bäume durch die Scheiben des Autos und die letzten Gedanken vor dem Einschlafen –, wird die Additionssumme genauso lang wie die sichtbare Welt, und dazu müssen dann auch noch die Dinge gezählt werden, die man nicht sehen kann. Aber so sah es aus, hohe Baumwipfel durch die zwei kleinen Heckscheiben, der Himmel blau, der große gelbe Ball des Clowns, der Clown selbst, der wach wurde und der – da es nun Tag war – blaue Augen hatte, die Lucia freundlich und ruhig ansahen. Sie zog die Decken weg, schloß das Auto auf, stapfte ins Gras, summte vor sich hin, und genau wie in der Nacht fuhr sie mit den Händen über die im Gras liegenden Blätter und rieb sich das kühle Wasser ins Gesicht, und Lucia tat es ihr nach.

Es war noch sehr kalt, dennoch machten sie ein paar Tanzschritte, sangen vor sich hin und lauschten der Antwort der Vögel, schüttelten die Äste und nannten das eine Dusche und setzten sich in die offenen Hintertüren des Autos, um etwas zu essen. Lucia, die traurig sein müßte, war es auch, nur nicht so sehr, wie sie dachte. Da war ein anderes Gefühl, das nicht benannt werden durfte und eher zu dem Zwitschern der Vögel gehörte, zu den albernen Tanzschritten, die sie gerade gemacht hatte, und zu der Frau, die da so selbstverständlich saß und eine breite Bahn goldenen Honigs auf ihr Brot fließen ließ.

Nun sollten sie sich eigentlich auf den Weg machen, um Kai zu suchen, doch Lucias neue Freundin schien zu denken, daß jeder Tag so leer bleiben durfte wie die Luft über ihren Köpfen, und kramte im Auto herum.

»Ich kann immer spüren, wenn Wasser in der Nähe ist«, sagte sie, »komm mit, trag du das.« Und sie gab Lucia zwei lange Holzstöcke, die mit den dünneren Holzstöcken, die sie selber trug, eine Angel bilden sollten, wenn sie beim Wasser ankämen. Die Sonne stand schon ein wenig höher, Lichtflecke fielen zwischen die toten Blätter, eine Schlange, ein Eichhörnchen, ein Dachs, ein Hase, ein Eber, ein Käfer, alles machte sich aus dem Staub und beobachtete aus den Sträuchern, was da jetzt wohl vorginge. Über ihren Köpfen tauchten zwei Krähen auf, die ein zwar vornehmes, doch mißmutiges Gespräch führten, in fächerartigen Kreisen weiter um sie herumflogen und zusahen, wie die beiden Frauen aus fünf Stöcken einen einzigen machten, sich auf einem breiten Baumstumpf an einem kleinen See niederließen und binnen einer Stunde vier glänzende, zappelnde Forellen aus dem Wasser holten.

Danach erzählten sich die Frauen ihr Leben, und davon verstanden die Krähen natürlich nichts; es fiel ihnen höchstens auf, daß die Geschichte der alten Frau kurz und die der jungen lang war. Das sind Regeln, jeder kennt sie, der etwas länger gelebt hat. Das längere Leben weiß um den Kummer der Aufzählung und vermeidet

ihn. Er weiß, daß es immer nur wenige Dinge sind, die das Dasein eines Menschen bestimmen. So erfuhr Lucia, daß der Clown, der Anna hieß, früher im Norden eine berühmte Schauspielerin gewesen war. Sie nannte auch ihren vollen Namen und sah, daß er bei Lucia noch ein Erkennen hervorrief, daß dieser Name im Norden, den sie vor langer Zeit verlassen hatte, noch immer als Name herumgeisterte, unabhängig von der dicken Frau, die sie inzwischen geworden war. Dieser Name gehörte zu Rollen, die sie einst gespielt hatte und die keiner mehr sehen würde. Schauspieler hinterlassen bei ihren Zuschauern nichts als eine Erinnerung. Wenn diese Erinnerung stirbt, irren die Namen umher wie leere Dinge, unlenkbar und leer. Anna hatte sich damit schon lange abgefunden. In ihrem Leben war etwas geschehen, weshalb sie auf dem Höhepunkt ihres Ruhmes Abschied genommen hatte. Aus ihr war ein alter dummer Mann mit einem gelben Ball geworden, und das gefiel ihr sehr. Sie erzählte Lucia nicht einmal die Hälfte ihrer Geschichten, sondern lauschte aufmerksam dem, was Lucia über das Trapez, den Zirkus, von Reier und Kai erzählte. Zwei Frauen, die Fisch aßen in einem Wald, und wenn jemand dagewesen wäre, um es zu sehen, er hätte wahrscheinlich nicht gewagt, näher zu kommen. Das Alter und die Schönheit, es ähnelte einer Allegorie.
»Und nun?« fragte Lucia, als hätte sie vergessen, wohin die Reise führte.
»Dorthin«, sagte Anna und zeigte nach Osten.
Als sie wegfuhren, drehte Lucia sich um und blickte der leeren Stelle nach und dachte, daß sie da gern hätte bleiben wollen. Doch das war ein verbotener Gedanke. Sie fuhren weiter auf der Straße, die auch Kai gefahren

war und die ich, da mir Straßen nun einmal liegen, gern beschreiben wollte, vor allem von dem Punkt an, wo Anna bei einer Gabelung die falsche Richtung einschlug. Sie fuhren allerdings immer noch ostwärts, sehr schlimm konnte es also nicht sein. Hin und wieder, bei einer der wenigen Tankstellen, die anders als im Norden zuweilen wie anheimelnde Dorfplätze aussahen, weil sich dort immer ein paar Leute aufhielten, fragte Anna etwas in der Sprache, die Lucia kaum verstand, offenbar aber waren die Antworten immer anders. Ein Tag und eine Nacht, und das gleiche noch einmal.

Jetzt schlafen sie an einem Wasserfall neben einer tiefen Grotte, in die bei Sonnenuntergang große Scharen Tauben einfallen, genau wie bei Monasterio de Piedra, das etwa hundert Kilometer südlich von Zaragoza liegt. Die Tauben streifen das herabstürzende Wasser und finden ihren Platz in der Grotte. Flügelschlagend hüpfen sie noch ein wenig herum und gehen dann schlafen. Lucia hat noch nie richtig über Tiere nachgedacht und ist verwundert. Immer mehr Tauben kommen, bis es so aussieht, als wären die Wände der Grotte gefiedert und bewegten sich. Sie blickt auf die herabdonnernden Wassermassen, die unten an den Felsen zerschellen, und das vielleicht schon seit tausend Jahren ohne Unterlaß, und sie möchte etwas denken, kann es aber nicht.

»Nicht zu lang hinschauen«, sagt Anna, die ein Feuer gemacht hat, »davon wirst du traurig.«

Dann hören sie nicht weit weg Stimmen von Frauen und Männern, Stimmen, die reden und singen, Gelächter.

Lucia will aufstehen, Anna hält sie zurück.

»Das sind die Screemer«, sagt sie, aber bevor sie etwas erklären kann, scheint es, als seien die Geräusche um die

Ecke gebogen und plötzlich sehr viel näher. Lachen und etwas wie Trommeln und Schellen. Es klingt fröhlich, nicht furchterregend. Die Frauenstimmen antworten den Männerstimmen, wellenartig folgen die hohen und tiefen Töne aufeinander, und jede Welle gleicht einer Einladung. Lucia wiegt sich im Rhythmus der Klänge.

»Können wir nicht hingehen und gucken?«

»Närrin«, sagt Anna und sah eine kleine Weile auch ohne ihre Maske wie der Clown aus dem Zirkus aus.

»Du brauchst nicht hinzugehen, die kommen schon her.«

18

Die Autopista fällt nicht in meinen Bereich. Halt, zuerst möchte ich warnen. Dies ist ein Kapitel, das ich ganz und gar mir vorbehalte. Am Anfang des »Henri Brulard« spricht Stendhal über die vielen »Ichs« und »Michs«, die so peinlich und aufdringlich sind. Da bin ich seiner Meinung. Aber die dritte Person ist in solchen Fällen ein erbärmlicher Umweg, als gäbe es irgendwo ein Land, wo nur Dritte Personen wohnen, die auf Abruf verfügbar sind, etwa um für einen anderen Wehrdienst zu leisten, wenn dieser selbst zeitweilig aus Scham nicht in Erscheinung treten will. Man bedenkt schließlich beim Schreiben alles Mögliche; was hat man davon, wenn das außerhalb des Buches bleibt. Man stelle sich das mal buchstäblich vor. Nehmen wir dieses Buch, vorausgesetzt es wird eines, denn wenn es keines wird, stellt sich das Problem ja nicht. Nun gut, nehmen wir dieses Buch und stellen es vor uns auf den Tisch, die Schnittkante abgewendet, also mit dem Buchrücken zu uns gedreht. Gib zu, daß das ein sonderbares Ding ist. Jetzt taste mit der Hand den leeren Raum rechts und links des Buches ab, und da fühlst du natürlich nichts. Trotzdem meine ich, daß da etwas ist. Ganz nah beim Einband sitzen die Gedanken des Autors, die er beim Schreiben hatte und von sich aus nicht hineinlassen wollte. Schreiben ist eine Frage der Organisation, man hat also Entscheidungen zu treffen, und eine dieser

Entscheidungen ist die, was in ein Buch hineinkommt und was draußen bleibt, und wann es beendet ist.

Was ich jetzt tue, ist ungewöhnlich, doch wenn man einmal damit angefangen hat, hört man so schnell nicht wieder auf. Wirft man einen Blick auf die gelbe Michelin 43, so sieht man die Autopista, die von Barcelona nach Westen führt, über Lerida – Lleida sagen die Katalanen – nach Zaragoza. Diese Autopista fällt also nicht in meinen Bereich. Gottseidank, denn sie hat keine Seele. Parallel dazu verläuft die N 11, die schätze ich nicht sonderlich; wer sie einmal gefahren ist, wird mich verstehen. Meine Lieblingsstraße in diesem Teil Aragóns ist die C 1130. Die kommt wie die C 231 bei Torrente de Cinca ziemlich regellos aus dem Süden dahergezockelt und führt dann über die Autopista und die N 11 am Rio Cinca entlang nach oben. Sie wird von mir immer bevorzugt behandelt, wenngleich ich das natürlich nicht aus meinem Budget nehmen kann, das würde auffallen. Es ist eher eine Frage der Aufmerksamkeit. Ich werde diese Straße oder, besser gesagt, diese Landschaft jetzt nicht ausführlicher beschreiben, sondern lediglich betonen, daß ich dort immer am besten denken kann. Sie ist wenig befahren, denn die Menschheit hat's eilig und sie ist, jedenfalls wenn man nach Zaragoza will, ein Umweg. *Desvia* sagen wir, doch ich mag dieses Wort nicht besonders. Umweg ist schöner oder, wie die Niederländer sagen, einfach »om«. Es hat einen magischen vibrierenden Klang, als wäre es aus Bronze; man kann es hundertmal sagen, und es gibt sogar Länder, wo man zu diesem Wort meditiert. Om, om, om.

Gestern wurde es mir im Klassenzimmer auf einmal zuviel. Ich verkörperte alle Kinder gleichzeitig, hatte das

Doppelte meines Quantums geraucht und war nahe daran, zu ersticken. Ein solcher Moment tritt bei jedem Buch ein. Die Personen versuchen zum letzten Mal, nicht existieren, und die Ereignisse, nicht stattfinden zu müssen. Man unterschätzt, was das bedeutet, daß etwas geschieht und trotzdem nicht wirklich geschieht. Wie dem auch sei, ich sah die vertraute Form meines »Seat« auf dem Schulhof stehen, mit der plumpen Gutmütigkeit von Gegenständen, die darauf warten, bis sie einem dienstbar sein können.

Die C 1310 mündet bei Sariñena in die C 129 ein. Die Numerierungen verfügen über eine gewisse Logik, die ich mir jedoch nicht ausgedacht habe. Wenn man dann auf der C 129 wieder in Richtung Zaragoza fährt, kann man nach Leciñena auch einen Landweg nehmen; er führt am Rio Gallego entlang nach Zaragoza und hat auf der Michelin 44 keine Nummer. Dieser Weg führt zu einem Kartäuserkloster, dem Cartuja de Aula Dei. Kartäuser gibt es kaum noch. Es ist der strengste Orden überhaupt; die Mönche leben auch innerhalb des Klosters in Abgeschiedenheit; das Essen wird ihnen durch eine Luke in die Zelle gereicht, und nur ein paarmal in der Woche kommen sie zum Chorgebet zusammen und, merkwürdigerweise, zu einem Spaziergang. Mir gefällt es dort. Ich stamme aus einer mehr oder weniger anarchistischen Familie, und die Mönche wissen, daß ich nicht religiös bin; das kümmert sie nicht, weiß Gott, vielleicht beten sie sogar für mich. Wenn ich dort bin, fällt die Tür der Welt hinter mir zu. Ich unterhalte mich mit dem Gästepater. Die anderen bekommt man nicht zu Gesicht, und außerdem dürfen sie nicht sprechen, auch nicht miteinander. Anschließend setze ich mich eine Weile in die Klosterkirche, die ziemlich häßlich ist und in der ein paar unbedeutende frühe Goyas hängen. Es ist kühl in der Kirche, und in der Gegend von Zaragoza ist das eine Wohltat; bei uns glaubt man sich eher in der Sahara als in Europa. Ich bleibe eine Weile sitzen und denke nach, dann gehe ich wieder weg und nehme ein Glas Honig mit, den die Mönche selber herstellen. Wenn ich den mitbringe, schaut mich meine Frau mit einer Miene an, als wollte sie sagen »ist-es-wieder-so-weit«, oder als hätte sie längst gewußt, daß ich dorthin gehen würde; darüber aber will ich mir lieber keine Gedanken machen.

Gestern also lief ich buchstäblich mit klopfendem Herzen zu meinem Auto, als würde ich die Schule schwänzen, und das tat ich ja auch. Ich fuhr mit einem Schlenker zur Stadt hinaus auf die Autopista; denn ich wollte meine Lieblingsstraße nehmen und mich der Cartuja über einen Umweg nähern. Auf diese Weise hätte ich zwei Meditationen: eine beim Fahren und eine in der Klosterkirche.

Jemand wie ich muß auf der Autopista ziemlich aufpassen; denn es ist nicht viel los, und ehe man sich's versieht, träumt man vor sich hin. Ich fahre schließlich nicht wie die anderen Verkehrsteilnehmer nur durch eine Landschaft, sondern durch zwei, auch noch durch die in meinem Kopf. Hier war es Sommer, dort ist es Winter; wenn ich nicht aufpaßte, sah ich die erbärmlichen Bergwege der Südlichen Niederlande quer über die träge zweispurige Heerstraße der Autopista laufen. Bei Torrente de Cinca nahm ich die Ausfahrt und fuhr auf der C 1130 in Richtung Ballobar. Rechts von mir strömte der Cinca, falls man das strömen nennen kann, denn es ähnelt eher der Tränenspur auf der Wange eines Toten. Die Landschaft ist majestätisch. Aus der Ebene ragen große lehmfarbene Altäre, als hätten dort Riesen gewohnt, die einen Gott anbeteten, so groß wie ein Berg. Da wächst nichts; es ist mir ein Rätsel, was die Menschen dort wollen. Sie kratzen ein bißchen in der Erde herum und bringen doch etwas nach Hause, ansonsten produzieren sie glaube ich Würste. Es wohnen nicht mehr viele Leute dort, meine Straße ist ein wahrer Luxus.

Ich habe einmal versucht, für meine spanischen Freunde die niederländische Redensart »wie schetst mijn verbazing?« (auf deutsch wörtlich »wer skizziert meine Verwunderung?«) zu übersetzen. Spanier, die alles wörtlich nehmen, denken da immer an jemanden mit einem Skizzenbuch. Aber das hatte ich auf meinem Weg nun wirklich nicht erwartet: ein Mädchen aus Zeeland, ungefähr vierundzwanzig, braungebrannt, blond und hübsch, das per Anhalter unterwegs war. Sie hatte eine kleine niederländische Fahne auf ihrem Rucksack und tat so, als wäre es ganz normal, so dazustehen. Gestern war es über siebenunddreißig Grad, und plötzlich zwei glatte, braungebrannte, junge Beine auf dem Sitz neben mir, der eben noch leer war.

Sie kam aus Sas van Gent, und was sie sprach, war beinah flämisch. Ich liebe das Flämische, vor allem wenn es von Frauen gesprochen wird, die eine etwas tiefere Stimme haben. Dann hat es etwas Faseriges, gleichzeitig etwas Weiches und Rauhes; das kommt von der Aspiration, davon, wie man die Wörter beatmet. Echtes Flämisch, wie man es untereinander spricht, verstehe ich nicht so gut, bei ihr aber hatte ich keine Mühe;

und das Harte, Nackte des Nord-Niederländischen – als ob jede Zierde zuviel sei und die Bestimmtheit der Behauptungen schmälern würde – fehlte ihr. Sie schien nicht verwundert zu sein, daß ich als Spanier niederländisch sprach, obwohl sie hin und wieder über meinen Akzent lachen mußte.
Sie kam von der Mittelmeerküste, wo sie an diesem modernen, jährlichen Ritual, der Auferstehung der Toten, teilgenommen hatte. Ich hatte mir das auch einmal angesehen. Aus ganz Europa kommen sie, die weißen Leiber, als sei die Posaune für den Jüngsten Tag ertönt. Nacktstrände sind gegenwärtig hier erlaubt, doch so wie früher die Nacktheit tabu war, ist es nun verboten, weiß zu sein. All diese Körper kasteien sich tagsüber, um abends vor dem Spiegel stehen zu können und wenige Wochen im Jahr unverwundbar auszusehen, unverwundbar, also unsterblich. Jedem seine eigene Auferstehung. Ich sage das nicht aus Prüderie, ich glaube nur nicht daran; es ist eine falsche Heilserwartung, man drängt sich gegenseitig seine uninteressanten Geschlechtsteile auf und tut gleichzeitig so, als sehe man sie nicht. Dicke oder alte Menschen sollten sich dort nicht hinbegeben, aber sie tun es. Sie sind unerwünscht, sie stören die Illusion des Paradieses. Die Dicken, weil sie Gedanken an Unmäßigkeit und somit die dantesken Strafen dafür, Krankheit, Tod und Verdammung, heraufbeschwören; die Älteren, weil sie schamlos zeigen, was alle just zu leugnen suchen, die Zukunft. Sie erinnern an eine schweigende, jedoch hysterische Sekte, all die namenlosen Leiber, die dort brennen wie der heilige Laurentius auf dem Rost, als wollten sie gegen den Krebs des Todes bestrahlt werden oder bereits einen

Vorschuß auf die eigene Kremation nehmen, wobei der Leib zur Strafe, weil er sie doch im Stich gelassen hat, so schnell wie möglich in einem Makrowellen-Ofen pulverisiert wird, bis keine Spur ihres namenlosen Lebens übrigbleibt.

Sie lachte mich aus, sagte, ich sei ein Moralist, ich redete drauflos (da haben wir sie wieder, die Elster und den Fink), und auf einmal fühlte ich mich alt. Was konnte ich ihr denn bieten – das vergeistigte Leben? Ich versuchte mich zu sehen, wie sie mich sah, und das fing natürlich bei meinem unvermeidlichen blauen Anzug an, aber ich hörte gleich wieder auf damit, denn ich begriff, daß sie mich überhaupt nicht sah.

Ich fragte sie, ob sie etwas dagegen hätte, mit mir das Kloster zu besuchen, und erklärte ihr, was Kartäuser sind. Sie fand die Geschichte recht unglaubwürdig. Bei der jüngeren Generation fällt mir häufig auf, wie wenig sie weiß. Sie studierte Soziologie und hatte auch schon mal etwas von Klöstern gehört, aber daß es so schlimm sei, nein, sagte sie, das habe sie sich nicht vorgestellt.

»Aber die Mönche finden es nicht schlimm«, sagte ich.

»Woher weißt du das?« Die Sie-Form ist im Niederländischen ausgestorben, zumindest beinahe, oder sehe ich doch jünger aus, als ich dachte? Dem wird wohl nicht so sein. Und die Frage war gut.

»Überzeug dich selber«, erwiderte ich. »Es geht nichts über Feldforschung.«

Wir fuhren durch die Einfahrt ins klösterliche Grundstück hinein. Links sieht man dann so etwas wie eine merkwürdige Fabrik mit allerlei kleinen Schornsteinen. Neunzehntes Jahrhundert, so sieht die Auffahrt aus.

Kühl, schattig, Platanen, ein vergilbtes Foto. Es hat etwas Behagliches. Ich klingelte, und nach einer Weile hörte ich das Schlurfen des Gästepaters. Ich war noch nie mit einer Frau dort gewesen, sonst hätte ich nicht eine so schlechte Figur gemacht; denn sie durfte nicht hinein. Pater Anselmus sagte es mit leichtem Bedauern, jedoch entschieden. Er schien übrigens über die lange blonde Gestalt in Shorts nicht verwundert zu sein. Sie durfte zwar ins Gästezimmer, ins Innere des Klosters aber wurden Frauen nicht eingelassen.

»Das finde ich hinterfotzig!«

Ich erzählte ihr, daß es genau darum ginge.

»Nein, nur weil ich Shorts anhabe. Im Vatikan hab ich das auch mal erlebt. Alte Lustmolche.«

Doch es war grundlegender als das. Sie hatte mit ihrem ersten Ausdruck ins Schwarze getroffen, obwohl das in diesem Zusammenhang ein ziemlich unglücklicher Ausdruck war. Trotzdem wollte ich eine Weile in die Kirche gehen, um nachzudenken. Ich hänge an meinen Gewohnheiten.

Im Gästezimmer war es halbdunkel. Unwillig, das war nicht zu übersehen, setzte sie sich auf einen der harten Stühle und zündete eine Zigarette an. An der Wand hing ein kolorierter Stich der Divina Pastora, den sie mißbilligend betrachtete. Es war tatsächlich, das fiel mir nun zum ersten Mal auf, eine eigenartige Darstellung. Die Göttliche Schäferin saß auf einem unsichtbaren Gegenstand, ein rosafarbenes Kleid in steifen Falten um die kräftigen, nicht reizlosen Schenkel. Ihre leicht schielenden Augen waren gen Himmel gerichtet, wahrscheinlich wegen des Göttlichen Kindes, das steif und in einem gelben Rock neben ihr stand. Ihre große, schlaffe Hand hing auf das mollige Ärmchen herab, das an Eßbares erinnerte. Das Kind schaute auf gar nichts, auch nicht auf das Lamm, das eifrig an ihm hochsprang, um an das feuerrote, strahlende Herzchen zu kommen, das sich merkwürdigerweise an der Außenseite des Körpers befand. Das Lamm schnupperte daran und wollte es vielleicht sogar fressen, was undenkbar ist. Aber das Mannsbild mit Flügeln, das über den Himmel spazierte, lag schließlich auch nicht im Bereich des Möglichen. Ein zweites Lamm schnupperte an einer Rose, die an ihrem blauen Umhang steckte, ein drittes kniete und nuckelte, so schien es zumindest, an ihren rosigen Zehen. Sie trug einen Schäferinnenhut – wie er seit Marie-Antoinette bei allen Damen in Mode war, nur nicht bei den Schäferinnen – und hielt einen eigenartigen Stab.

»Es sieht wie ein Voodoo-Bild aus«, sagte die Zeeländerin, »was hat das Ganze in Gottes Namen zu bedeuten?«

Pater Anselmus lächelte verschmitzt, als ich übersetzte, was sie sagte, und bedeutete ihr, ihn in ein kleines Nebengemach zu begleiten, wo er einen Vorhang aufzog. Mir schien es vernünftiger, solange in die Kirche zu gehen, obwohl von einer Meditation kaum mehr die Rede sein konnte.

Doch es ging besser als erwartet. Innerhalb weniger Minuten stand mein Buch um mich herum. Das noch nicht Geschriebene hat immer etwas Unheimliches, es zieht und saugt. Eigentlich ist es eine Art Krampf. Nicht geschrieben, will es sich rächen, doch geschrieben, bewirkt das, was vorher nicht dastand, eine faserige Melancholie, die nur langsam vorbeigeht.

Melancholie bewegte auch die Zeeländerin, das sah ich, als ich wieder ins Zimmer kam. Sie hatte sich über ein

Modell des Klosters gebeugt und sah mich traurig mit dem Blick von Verstandesmenschen an, die mit etwas konfrontiert werden, was nicht in ihr Denken paßt. Meist hängt dies mit der Annahme zusammen, anderen Leuten fehle etwas. Ich kannte dieses Modell schon, es sah aus wie ein Puppenhaus, und weil ein Kloster ein in sich geschlossenes (Claustrum) Universum ist, war es gleichzeitig ein Abbild des Weltalls. Alles war darin enthalten, auch das Zimmer, in dem wir uns befanden, so daß man meinen konnte, zweimal vorhanden zu sein. Mit dem Finger zeichnete ich den Weg nach, den ich gegangen war, das ihr verbotene Reich.
Sie sah mir zu, aber ihre Aufmerksamkeit galt etwas anderem, jenseits der Grenze, die auch für mich nicht zu überschreiten war.
»Das sind keine Schornsteine«, sagte sie heftig und zeigte auf die sonderbaren hohen Türme, die man schon von der Straße her sehen konnte.
»Das sind Aussichtstürmchen. Jeder hat sein eigenes ... wie heißt das auf spanisch?«
»Mirador. Seinen eigenen Mirador.«
Das schien sie aufzuregen. Dadurch wurde die eigensinnige, selbstauferlegte Einsamkeit noch am besten ausgedrückt. Sie beugte sich über so ein winziges Segment, die Zelle *eines* Mönches. Die Zellen lagen nebeneinander, waren jedoch nicht miteinander verbunden.
»Schau, das ist sein Bett. Und hier an dem Tisch kann er lesen.«
Das stimmte. Wie in einem echten Puppenhaus saß da ein Männlein in einer schwarz-weißen Kutte und las ein Büchlein, das noch kleiner war als der Nagel eines kleinen Fingers.

»Und da kann er auf und ab gehen.« Sie deutete auf einen kleinen Gang hinter der Zelle, der höchstens drei Meter lang sein konnte.

»Und dann geht er dort hinauf, hinter seinem Klo, da ist die Stiege zu seinem . . . seinem Mirador. Von da aus hat er einen Ausblick. Und durch dieses Fensterchen kriegt er das Essen.«

Ihre Stimme war weinerlich geworden, das blonde Haar hing über dem Türmchen, ihr Haar, das keiner der Mönche, außer Anselmus, jemals sehen würde. Ich fragte mich, wie es wohl wäre, wie ein Wolf in diesem Gang hin und her zu laufen und dort hochzuklettern, um über die Sandfläche hinauszublicken wie Moses in der Wüste. Und mir fiel wie gewöhnlich nichts dazu ein. Wie ein Wolf? Im Zoo sieht man das zuweilen, eine Art Kettengang. Am gruseligsten ist immer die scheue, neurotische seitliche Wendung, mit der sie vor der nächsten Schleife kehrt machen. Aber Mönche laufen nicht wie Wölfe. Sie brauchen für die drei Meter eine Stunde und denken einen Gedanken, der allem Weltlichen fern ist.

Ich kaufte meinen Honig, und dann gingen wir. Als wir ein paar hundert Meter vom Kloster entfernt waren, sagte sie plötzlich: »Halt mal an!« Ich hielt an. Sie drehte sich um, so daß sich der Sicherheitsgurt über den Brüsten spannte, und blickte auf die Reihe Miradores, die wie steinerne Soldaten über den Platanen die Wache hielten.

»Ihr ganzes Leben«, ihre Stimme überschlug sich, »hokken sie dort, einem Märchen zuliebe!« Das Wort kam mit der größten Verachtung heraus.

»Es ist kein Märchen, es ist ein Glaube.«

»Quatsch. Dieses Voodoo-Bild bestimmt, das Kind mit

dem aufgeklebten Herzen, und die Mutter mit 'ner weißen Sonne überm Kopf.«
Sie meinte den Heiligenschein der Jungfrau Maria.
»Jungfrau!« Das spuckte sie aus.
»Die sind verrückt! Das ist langsamer Selbstmord. Man hat nicht das Recht, sich selbst so zu strafen. Für ein Märchen!« Nun hatte sie es noch einmal gesagt.
Glaube, Märchen, Mythos. Ich dachte an den Clown und gleichzeitig an Robert Graves, wie das zuweilen geht. Der hatte einmal eine Einleitung zur *Larousse Encyclopedia of World Mythology* geschrieben. Mythen erscheinen uns fremd, weil sie etwas erklären müssen, was nicht wahr sein kann. So ungefähr hatte er es formuliert und mit einem phantastischen lyrischen Sprung hinzugefügt, daß die biblischen Geschichten, obwohl sie große Ähnlichkeiten mit den persischen oder babylonischen Mythen aufweisen, nicht in den Standardwerken über Mythologie vorkommen, aus dem einfachen Grund, weil es noch Menschen gibt, die daran glauben. Sobald der letzte Gläubige gestorben ist, wird eine Religion zum Mythos, das ist in etwa seine These. Maria hatte unbefleckt empfangen, sie war Jungfrau, als Christus geboren wurde, Christus war der Sohn Gottes, er und Maria fuhren nach ihrem Tod gen Himmel, und wir alle werden am Tag des Jüngsten Gerichts von den Toten auferstehen.
Die Männer, die hin und wieder auf diesen Türmchen stehen, glauben das, und deshalb steht es vorerst noch nicht in der *Larousse Encyclopedia of World Mythology*; denn niemand hat den Mut, es aufzunehmen. Wir wußten, daß diese Männer an einen Mythos glaubten, während sie vom Gegenteil überzeugt waren. Märchen ha-

ben damit nichts zu tun. Märchen sind von Menschen geschrieben, das ist es, was daran nicht stimmt. Mythen sind angeschwemmt worden, keiner hat sie geschrieben, und trotzdem wurden sie überliefert.
»Märchen erzählen Dinge, die nicht wahr sind. Ich mag keine Märchen.«
Ich spürte, daß sie mit den Füßen aufstampfte, und wich einem Esel aus.
Vielleicht ist es so, daß wir die Mythen auf eine geheimnisvolle Art und Weise alle zusammen erdacht haben. Aber warum werden Märchen geschrieben? Weil es in der Wirklichkeit nicht auszuhalten ist? Mythen sind von niemanden geschrieben worden; damit muß es zusammenhängen. Das Märchenschreiben war eine falsche Sehnsucht, Mythen zu schreiben, und somit ein Verlangen, niemand zu sein oder ein ganzes Volk, eine Masse ohne Namen und Gesicht, eine ausgestorbene Spezies. Doch dafür war es zu spät.
Die Silhouette von Zaragoza ist, wenn man von Norden kommt, eine der schönsten Spaniens. Mit den Türmen der Seo und Lonja auf der anderen Seite des Ebro sieht sie aus wie ein großes geheimnisvolles Schiff, das in der Wüste vorüberfährt.
»Das ist wenigstens wahr«, sagte sie.
Sie legte ihre schmale Hand auf meinen Arm, was mich erschreckte.
»Wie heißt du?« fragte sie. Ich nannte meinen Namen.
»Tiburõn.« Sie sprach ihn langsam aus.
»Bedeutet das was?«
»Ja, es bedeutet ›Hai‹.«
Ich fand schon immer, daß das niederländische Wort

»haai« besser ausdrückt, was ein Hai ist, als Tiburõn, das klingt eher wie U-Boot.
»Hai. Ich finde, du bist ganz und gar kein Hai. Was für ein Sternzeichen hast du?«
Ich wußte es nicht. Ich glaube nicht an Märchen, wollte ich sagen, unterließ es aber.
»Wo willst du jetzt hin?« fragte ich.
»Nach Pamplona, und dann nach Hause.«
Haus! Auf einmal sah ich es. Die Fähre bei Breskens, den breiten, salzigen Mund der Schelde, das flache, fette, grüne Land. Sie schaute mich mit ihren blauen Augen an, als sehe sie etwas, was nicht zu sehen ist, etwas, was mir gehört und was ich immer behüte. Ich stand am Ebro und dachte an die Schelde, und mir war, als fühlte ich den Wind der Schelde, denn mich schauderte auf einmal. Oder so etwas Ähnliches.
»Warum bringst du mich nicht hin?«
Nun wußte ich also, warum mich schauderte. Da stand sie, der Norden. Ich aber mußte in diesem Land sein, in dem zurückgebliebenen sprachlosen, vergessenen, so märchenhaften Teil davon.
»Ich muß arbeiten.«
»Oh«, und sie nahm meinen spanischen Ingenieurskopf in beide Hände, gab ihm zwei Küsse und noch einen dritten, irgendwo auf die Mitte, in die Nähe der Augen, zerrte ihren Rucksack vom Rücksitz, sagte »Tschüs, Hai«, und verschwand, eine winkende blonde Gestalt mit der Bräune des Mittelmeeres, meines Meeres, federnden Schrittes, ohne sich umzublicken, wie das laut allen schlechten Schriftstellern der Welt sein mußte.
Ich fuhr zur Schule zurück, steckte den Finger in den Honigtopf, schleckte lange und andächtig und sah, wie

das lange blonde Haar in die Zelle des Mönches hineinhing. Ich bin ein unnützer Hai. Und dieses Kapitel war zu lang geraten. Andererseits, bei den Japanern ist die Asymmetrie wesentlich für die Ästhetik. Wenigstens ein Volk, das nicht an die Vollkommenheit glaubt. Oder eben doch – auch das wäre natürlich möglich.

19

Kai war in der Zwischenzeit Chauffeur geworden. Das könnte eine Chance zur Flucht sein; doch daran dachte er nicht. Er erinnerte sich nur allzu gut an das halbrunde Messer, das ihm Floris an die Kehle gesetzt hatte, und außerdem fühlte er sich bei seinen Fahrten wie ein Schauspieler aus einem amerikanischen Verbrecherfilm, wenn möglich einem in schwarz-weiß. Er fuhr gern in dem großen Tatra, obwohl die Fahrten nie länger als ein paar hundert Kilometer waren. Floris saß meistens neben ihm und begleitete die Landschaft mit seinen bitteren Kommentaren. Auf diesen Fahrten wurde anscheinend immer etwas geholt.
Floris beziehungsweise Ulrich, oder, wenn es sich um kürzere Entfernungen handelte, einer der anderen Männer, deren Namen ihm keiner gesagt hatte und die er sowieso kaum verstehen konnte, verschwand in irgendeinem Haus, um kurz darauf wieder herauszukommen. Kai fragte nie und er wurde auch nicht eingeweiht. Manchmal ging es geräuschvoll zu, es klirrte Glas, hin und wieder hörte er Schüsse. Dann mußte er schneller fahren oder nach Floris' Anweisungen einen Verfolger abschütteln.
Er tat das alles wie ein perfekter Roboter – er steuerte den Wagen, und eine andere, namenlose Instanz steuerte ihn. Manchmal beschäftigten ihn der Schmerz im Auge und die Besuche dieser Frau in seinem Zimmer.

All das war sein Leben geworden, seit er den Norden verlassen hatte. Hier galten andere Gesetze. Er nannte die Frau nicht bei einem Namen. Sprechen war übrigens auch nicht das, was von ihm verlangt wurde. Sie war ein Kreis, der sich stets enger um ihn schloß. Daß man sich über ihn lustig machte, wußte er, doch er reagierte nicht. Das einzige, was er bei sich selbst verspürte, war eine Unruhe, wenn die Frau nicht oder für sein Gefühl verspätet kam. Vielleicht war er von diesen stillen Ereignissen abhängig geworden, die Schmerz, Zwang und Genuß ineinanderströmen ließen, und ein Wille ihn beherrschte, der auf Zerstörung aus zu sein schien und um vieles stärker war als sein eigener, der ihn so beherrschte, wie ihn noch nie etwas beherrscht hatte. Wenn es vorüber war, blieb er ohne Erinnerung zurück und saß oft stundenlang reglos auf dem Bettrand oder starrte zum Fenster hinaus.

Im Schloß konnte er kommen und gehen, wie er wollte, aber er machte nicht viel Gebrauch davon. Es glich noch am ehesten, dachte er, einer Mischung aus Hotel, Internat und Gefängnis, und die meisten anderen Bewohner gefielen ihm nicht. Manchmal plauderte er mit Ulrich, der von Mal zu Mal müder aussah und ihn behandelte wie ein Kind, das man nicht ganz ernstnehmen kann. Es wurde viel gespielt, wobei Floris, der mal eine Uniform wie aus einem Theaterstück trug, dann wieder einen Smoking oder ein anderes albernes Kostüm, seine Partner beim Spiel derart ärgerte, daß es oft zu Schlägereien kam und Ulrich eingreifen mußte.

Frauen gab es nicht. Er aß fast immer mit Floris und Ulrich, sie war nie dabei, und wo sie ihre Zimmer hatte, wußte er nicht. An manchen Tagen waren mehr Männer da als gewöhnlich. Dann hielt er sich am liebsten in seinem Zimmer auf, doch auch hier war bald Musik und das Grölen von Betrunkenen zu hören. Einmal beobachtete er, wie einer blutend von zwei anderen aus einem Zimmer geführt wurde. Todesangst, das war es, was er in den Augen dieses Mannes gesehen hatte, aber auch damals hatte er nichts gefragt. Zwischen ihm und dem Rest der Welt hing ein Schleier, dahinter lebte er wie in einem Aquarium. Wenn er ihr in die Augen blickte, und das tat er lieber nicht zu oft, sah er, daß sie ihn nicht wahrnahm, als hätte das, was zwischen ihnen geschah, eigentlich nichts mit ihm zu tun, als wäre außer ihm noch eine andere, unpersönliche Kraft im Zimmer, eine alles verzehrende, freßsüchtige Begierde. Nichts war in diesen Augen zu sehen. Man schaute in Glas und Eis, in eine Welt, die so kalt war, daß man erfrieren mußte, wenn man zu weit in sie eindrang.

20

Märchen sind eindimensionale Geschichten. Darum können sogar Dinge Hauptpersonen sein. Lesen Sie Andersen. Das Märchen von den Kerzen. »Es war einmal eine große Wachskerze, die genau wußte, was sie wert war.« Die Heldin ist eine Kerze und hat nur einen Charakterzug. Märchen sind geschlossene Systeme, daher sind sie so schrecklich. »Und der Komet kam, strahlte mit seinem feurigen Kern und drohte mit seinem Schweif.« »Der Brunnen war tief, darum war das Seil auch lang.« Es stimmt immer alles, ein Dichter ist da nicht vonnöten. Das Ergebnis steht fest, die Charakter besitzen nur eine Dimension, es kann nicht gelogen werden, es sei denn so, daß es jeder merkt. Aufgabe: Einen terminalen Krebsfall wie ein Märchen zu erzählen, mit den weiterwuchernden, gierigen Zellen, wie Wölfe, die Lust auf Rotkäppchen haben. Wetten, daß es glückt? Vierzig Grad heute.

21

»Ah, *honectror, honecseim*«, sagte der Mann mit dem goldfarbenen Bart, auf dessen Schoß Lucia saß, und streichelte ihr Haar und ihre Schultern. Sie saß, nein sie lag, den Kopf zurückgebeugt, und sah das klare Licht des Herbstes durch das spärliche Laub. Wenn sich die Zweige bogen, verschoben sich die Lichtstrahlen und es schien, als liefen sie hintereinander her, als wollten auch sie sich verknäueln und beschlafen. Um sie herum klang das Gegurre und Gesumme der anderen, Küsse, Streicheln, Berührungen, das leise Ächzen der Äste und das Rascheln der welken Blätter unter ihren unruhigen Körpern. Manchmal fiel ein Lichtstrahl senkrecht herab, dann hob sie den Kopf, um zu sehen, wie sein Gesicht durch diesen Strahl erhellt wurde, und er sah es und lachte aus diesem plötzlich noch strahlenderen Gesicht und tat, als könne er den Lichtstrahl greifen, und flüsterte Gott zum Licht und Gott, wenn er ihre Schultern oder Brüste berührte, und dann wieder Gott, wobei er ein Blatt aufhob, so daß es golden glühte und sie die Äderung des Blattes wie eine Zeichnung sehen konnte.

Gott, damit hatte sie sich noch nie beschäftigt, aber er sagte es so oft und stets mit einem Summen in der Stimme, so daß sie nun, wenn sie aufs Wasser sah oder einen Vogel erblickte, leise und vorsichtig, ohne die Lippen zu bewegen, auch dieses seltsame kurze Wort

murmelte, mit dem er die Dinge so besiegelte. Wie lange dauerte das nun schon? Sie zog ein Haar aus seinem Bart und ringelte es um ihren Finger, jede Schlinge ein Tag. Dann war dieses dünne, feingesponnene Ende der erste Tag, als das Singen und die Trommeln aus dem Wald ertönten und Anna sagte: »die Screemer«, was demnach so etwas wie Schreier bedeuten mußte, weil sie immer soviel fröhlichen Lärm machten. Bevor sie darüber hätte nachdenken können, standen sie schon da, sich wiegend und tanzend, er ganz vorne, eine kunterbunte Gruppe Männer, Frauen und Kinder. Sie hatten Anna und Lucia begrüßt, als kennten sie die beiden schon lange, und sie Schwestern genannt; er hatte eine Hand auf ihren Kopf gelegt, und das war ihr vorgekommen, als hätte sich ein Vogel darauf gesetzt. Danach hatten sie Essen ausgeteilt und ihre Zelte aufgeschlagen; später war es still geworden, bis der Abend kam und das Singen und Tanzen wieder einsetzte und ein großes Feuer angezündet wurde.
Sie wickelte das Haar wieder vom Finger und hielt es ins Sonnenlicht. Soviel Zeit also, er aber glaubte nicht an Zeit. Was das war, die Zeit, hatte sie sich nie wirklich überlegt, und das war auch nicht mehr nötig; denn er hatte gesagt, die Zeit werde aufhören. Wie das geschehen sollte, wußte sie nicht, doch er hatte gesagt, das Ende der Zeiten; denn wenn dieses Jahrhundert sich dem Ende näherte, wären wieder tausend Jahre vergangen, und die wenigen Jahre, die nun noch blieben, bedeuteten den letzten Aufschub; danach würde alles, was sich in der Zeit befand, zusammen mit der Zeit aufhören. Anna hatte gelächelt, obwohl man doch meinen möchte, davon traurig werden zu müssen. Doch er und

seine Freunde nahmen es nicht so tragisch, sie klatschten und sangen, wenn er es immer wieder sagte, wobei seine Stimme jedes Mal höher und zwingender wurde. Dann standen sie auf und tanzten, die Arme umeinandergeschlagen, die Gesichter voll sonderbarer Freude. Das Ende des Jahrtausends, die drei Nullen, die er in die Nachtluft malte wie Kreise über dem Feuer, Nullen, in denen man verschwinden, singend und frohen Mutes an einen Ort gehen würde, wo es besser wäre; als hätten die Löcher der in die Luft gemalten Nullen eine Anziehungskraft, die so stark wäre, daß sie alles dazu bewegen könnte, darin fortzuziehen. Im Verlust der Zeit, der dann einsetze, würde alles sich auflösen, zerfallen, verschwinden, und etwas würde übrigbleiben, was weniger war als ein Seufzer, der Seufzer selbst, die Erinnerung an den Hauch und sonst nichts. Wie die Löwen im Zirkus würde ein jeder durch die brennenden Reifen springen, und er wäre der Löwenbändiger.
Tausend, tausend, das Wort raunte und glomm in der kleinen Menge, und sie hatte Annas Arm gespürt und gefragt, ob es wahr sei, und Anna hatte gelacht und sich mitgewiegt und geantwortet, Tausend sei nur ein Maß, das die Menschen sich ausgedacht hätten, und wenn diese Zahl näherkomme, verspürten manche Menschen einen Sog, einen Drang, der sie allem Zählen entziehen konnte, weil Zählen an den Tod erinnerte und die Leute, aus Angst zu sterben, sich geradezu nach dem Tod sehnten, und am liebsten in einer Gruppe sterben würden. Das hatte sie nicht begriffen, doch dann wurde Wein herumgereicht, süß und schwer, und er war wie ein närrischer Mann ums Feuer getanzt so daß es schien als brenne er und er hatte gerufen Gott sei im Feuer und

alles sei Gott also auch das Feuer und sie selbst und dann hatte er seine Hände erhoben bis alle still waren und auf seine zerlumpten Kleider gezeigt und sie hatten alle ihre Kleider zerrissen so daß sie noch zerlumpter aussahen als zuvor und in der Kälte hatte er seine Kleider ausgezogen und sie hatten alle ihre Kleider ausgezogen und er hatte gerufen wenn alles Gott sei müsse auch die Sünde ein Teil von Gott sein und teilhaben an Gott sei gut ob man nun teilhabe an seiner hellen oder an seiner dunklen Seite denn für ihn seien hell und dunkel gut oder böse dasselbe denn in ihm sei nichts gegensätzlich und deshalb könne das was die Menschen das Böse nannten nie das Gegenteil von gut sein denn in einem Gott der eins und ungeteilt ist könne es keine Gegensätze geben und dann fing die Stimme aus seinem Mund noch höher zu summen an und sagte jetzt würden sie noch verfolgt werden weil sie die einzigen freien Menschen auf der Welt seien und die Welt sei dem Tode geweiht wo Menschen derselben Abstammung andere in ihrem Besitz hätten und als Sklaven arbeiten ließen und ihnen vorschrieben wie sie zu leben hätten und daß die Geißel jetzt rasch kommen und allem Unrecht in einem großen vernichtenden Feuer der Läuterung ein Ende bereiten würde.
Die Geißel, die Geißel, bei diesem Wort schien es, als schlüge seine Stimme über die Bäume hinaus und käme zurück und träfe wie eine Peitsche die Gesichter, die ihn verzückt anstarrten, und dann waren seine Worte nicht mehr zu verstehen, das Geräusch, das er hervorbrachte, erschien wie ein langer stammelnder Ton, der immer wieder zu einem Peitschenknall anschwoll, wobei die anderen mit genauso hohen Tönen den Schmerz ausdrückten, den der Peitschenknall hervorrief.

Sie dachte später, daß sie damals Angst gehabt hatte, doch gleichzeitig auch erregt war, weil seine Stimme sie emporhob und mittrug und dann zum Glück auch wieder zurückbrachte, tiefer wurde, ruhiger, bis seine Worte wieder verständlich wurden und er nicht mehr über Strafe, sondern über Liebe sprach. Liebe, Liebe, das Wort huschte nach allen Seiten, es mußte auch die Tiere in ihren Höhlen erreichen, die Vögel in ihren Nestern, bis es wieder zurückkam und sich in die Gesten einnistete, in die Hände, mit denen sie einander berührten, streichelten, noch immer seufzend und murmelnd im Schein des Feuers, als bestünden sie aus einem großen sich vereinigenden Körper, der die Kälte nicht spürte und liegend tanzen konnte, bis der Morgen anbrach. Aber schon lange vorher hatte er sich ihr genähert, eine Gestalt aus Feuer, und hatte mit einem Lachen seine Hand ausgestreckt, das sie einspann, das Lachen des Löwenbändigers im Zirkus, der zusieht, wie der Löwe durch die vollendete Null des brennenden Reifens springt. Sie hatte sich nach Anna umgesehen, die mehr denn je einem gutmütigen Clown ähnelte, und Anna hatte genickt, als wüßte sie bereits alles und mit dieser Kopfbewegung alles ausgedrückt, und dann hatten sie den Kreis des Feuers und den der anderen verlassen, waren weit gegangen, bis zu der Stelle, wo das Feuer nur noch ein ferner Schein war, und da hatte er sie geliebt wie eine Wolke.

Eine Wolke? Ja, eine Wolke, etwas, was Fülle war und überall gleichzeitig, eine lebendige Wolke in der Gestalt eines Mannes mit goldenem Bart, dem Bart, aus dem sie die leuchtenden Haare gezupft hatte, die sie jetzt an ihrem Finger auf- und abwickelte, als wäre es die Zeit selbst, die sie nun um ihren Finger ringeln konnte, und in der Täuschung, die dazugehört, war es, als ob ihr früheres Leben, ihr Name und vielleicht sogar sie selbst ausgelöscht wären, wegströmten in einem Element, das nirgends dazugehört, wo Worte nicht zählen, wo alles so voll und leer ist wie eine Wolke, die ohne jeden Widerstand über den Himmel zieht.

22

Nun sitze ich selbst auf einem Schoß, und was für einem. Er ähnelt einer plebeischen Form von Bildreim und Bezugswahn, wie so vieles, was ich hier mache. Aber wie soll man ruhig bleiben, wenn man zwischen den honigsüßen Tönen dieses Chrysostomos eine andere aufsässige Stimme mit stets penetranteren Konsonanten anschwellen hört, so wie ein Piratensender, der dazwischenfunkt, wenn man gerade Mozart lauscht. Und wenn diese erbärmliche, störende Stimme, die niemand sonst hören kann, auch noch die eigene ist, die immer heftiger wettert, bis jegliche Harmonie zum Teufel ist, dann sollte man Mozart lieber abschalten.

Aber ich kann nichts dagegen tun, ich bin allergisch gegen das Wort Gott, ich kann es nicht hören ohne zu protestieren, nicht aufschreiben, ohne daß meine linke Hand das Papier zerreißen will oder mit einer trotzigeren Schrift in einem anderen Buch dagegen anschreibt. Und warum diese ganze Aufregung? Ich gehe doch selbst zuweilen in dieses Kloster? Das stimmt, aber Kartäuser fallen niemandem zur Last, sie wollen nichts von der Welt. Ich bin's, der hingeht, es wird mir nicht, wie früher, ungefragt auferlegt, es will nichts von mir. Ich sollte mir ein Beispiel an Anna nehmen, Frauen sind immer klüger. Sie wissen, was auch ich weiß: daß die Welt die millenaren Phantasien auch früher schon erlebt und verdaut hat. Die freiwilligen Armen, die Ranters, die Fraticelli, die Selbstvergötterung, das Gezeter des Plotin, die Brüder und Schwestern des Freien Geistes, deren Abglanz man später als Wissenschaft verkleidet bei Spinoza wiederfindet, der seinen unpersönlichen Gott mit der Natur gleichsetzt, die himmlische Güte, und dann, wörtlich gemeint, immer wieder die eine, alles umarmende Segnung, in der alles, selbst die Dreieinigkeit aufgeht, die Menschenseele, die wie ein Tropfen aus dem Krug des göttlichen Ursprungs herausgefallen war und nach dem vergänglichen, ungöttlichen Leben zurückflösse, die ganzen Heilslehren mit ihrer Gleichheitshysterie, die unwiderruflich mit den stets höher schlagenden Wogen der totalen Vergöttlichung hörbar wurden, all diese Gespinste, die gefälschten Dekrete des Pseudo-Isidorus mit seinen von Clemens nie geschriebenen Episteln des Papstes Clemens, die egalitären Paradiesträume des Roman de la Rose, das Recht auf Glück, das Recht auf den Körper des anderen, prächtig, verführerisch, nur Lügen, Prahlerei, zu allen Zeiten von neuem hervorgerufener utopischer Wahnsinn, mit dem die Menschheit stets wieder betrogen wird!

Nehmen wir irgendeinen dieser unausgegorenen mittelalterlichen Wunschträume und begeben wir uns damit ins zwanzigste Jahrhundert, wenn die Nullen wieder näherkommen, dann bringen wir ihn in den Dschungel von Kambodscha und treten bei Pol Pot ein mit seinem Heilsgedanken, der kein Eigentum zuläßt und keine Städte, keine Familie und kein Gefühl, keine Musik, keinen Gesang, keine Bücher, keine Kenntnis der Vergangenheit. Dafür starben drei Millionen Menschen, weil immer Menschen sterben müssen, wenn Utopie zum Gesetz erklärt wird.

Am Anfang aber steht immer die Versuchung, es sind die Männer mit den goldenen Mündern, wie dieser Narr, auf dessen Schoß Lucia sitzt!
Schoß, Schoß, Tiburõn, hör auf! Du bist allein, bleib ruhig. Da stehe ich in der Mitte des Klassenzimmers, den Finger an den Ducados verbrannt, wie ein in seiner Zelle hin und her rennender Mönch; wenn ich zur Decke schaue, ist sie offen, und das goldene Haar einer Riesin hängt herab, an dem ich emporklettern könnte wie Tarzan an einer Liane! Du schweifst ab, du bringst alles durcheinander, was hat der arme Spinoza um Himmels willen mit deinem Goldbart zu tun? Dein Thema war ein Schoß, auf dem du gesessen hast, erinnerst du dich?
Schoß. Warum sind manche Bilder so viel stärker als andere? Warum verbindest du deinen Haß auf jede Form der Religion und Utopie mit dem so nebensächlichen Schoß von Pater Vincentius? Ein Schoß? Es war eher ein Tal, ein Tal aus rauhem, braunem Stoff. Mein Gott, wie können Schriftsteller doch einen Vorfall aufblähen. Wie viele Knaben aus meinem Internat hockten nicht bei einem Pater auf dem Schoß und sind heute selber Generalvikar irgendeines unaussprechlichen Bistums auf den Philippinen, Jesuit in Nicaragua, Chefredakteur einer Provinzzeitung in Asturias, oder einfach gestorben, in Frieden dahingeschieden? Warum mache ich nur soviel Aufhebens?
Darum, weil ich als einziger Dummkopf hier noch immer auf einer Schulbank sitze und an der Größe dieser Bank, die ich teilweise auseinandernehmen mußte, um hineinzupassen, ermessen kann, wie klein ich wirklich war. Klein und reizend. Zum Glück habe ich hier keinen

Spiegel, sonst müßte ich feststellen, daß das Kind von damals immer weitergewachsen ist bis zu der in Blau gekleideten Gestalt, die nun da hockt und schwitzt bei vierzig Grad. Ja, prüfen Sie es ruhig nach, im Sommer des Jahres 1990 wurden in Zaragoza Temperaturen von durchschnittlich vierzig Grad gemessen!

Ich wurde trotz der anarchistischen Neigungen meines Vaters in einem Internat der Karmeliter erzogen, aus dem sich erst für das schlechte und später für das gute Regime brillante Politiker rekrutierten. Den Namen der Schule findet man in vielen Biographien und Nachrufen. Pater Vincentius hatte die Aufsicht über den Schlafsaal, aber er beaufsichtigte vornehmlich mich und meinen damals noch so biegsamen Körper. Das war nicht das Schlimmste. Er hielt auch die Fastenpredigten, und ich war für Rhetorik schon immer empfänglich. Wenn er über Leid, Hölle und Verdammnis sprach, strömte das dunkle Wasser der Lethe geradewegs aus den furchtbaren Wunden Christi in die Kapelle herein, und darin ertrank ich dann, in einem Gemisch aus Blut, Galle, Essig und Totenwasser, ich, ein Sünder von einsfünfzig und in kurzer Hose. Schlimmer noch, er war auch mein Beichtvater, und das blieb er, bis ich zum x-ten Mal immer wieder dieselbe alberne Kindersünde durch die Luke des Beichtstuhls geschoben hatte, als wollte ich sie an seiner braunen Kutte abwischen, und er mir plötzlich wütend durch das verschattete, geflochtene Holzgitter zuflüsterte »du bist ein geiler Bock« und mich abends, nachdem er mich aus dem Bett kommandiert hatte, wieder auf seinen großen braunen Schoß zog. Der rauhe Stoff rieb an meinen nackten Beinen, ich

versuchte unauffällig, aus diesem Tal und Geflüster wegzukommen, ich wollte da nicht sitzen.
Ich gebe zu, das ist als Schlußfolgerung nicht eindrucksvoll, aber seither bin ich allergisch nicht nur gegen den Schoß der Karmeliter, sondern in einem Aufwasch auch gegen den Schoß von Rom, Moskau, Genf, Mekka und Dordrecht und die genauso speckige Rückseite dieser Systeme, die Sekten, Utopien und jeden, der im Namen einer anderen, höheren und besseren Instanz spricht und darum lügt, gegen jeden, der bei einem Papst, einem Ayatollah oder einer Wahrheit auf dem Schoß sitzen will und nicht, wie ich, allein sein möchte, nur geboren und nicht erschaffen, der aus eigener Kraft leben will wie eine x-beliebige Otter, Eule oder Heuschrecke.
»Ho, ho, Tiburón, alter Hai, meinst du das denn ernst«, fragten mich meine Kommilitonen in Delft, wenn's mal wieder mit mir durchgegangen war. Niederländer wollen immer wissen, ob man meint, was man sagt. »Nein, natürlich nicht«, erwiderte ich dann. Darüber mußten sie sehr lachen. »Leute, Tiburón ist wieder soweit, er hat Heimweh, er hat seinen spanischen Abend.« Und dann machten sie Hörner mit den Fingern und sangen Torador olé und pumpten mich mit Genever voll. Aber ich bin immer noch so. Jeder darf denken, was er will, jede Form von Wahn ist erlaubt, solange man niemanden mit hineinzieht. Diejenigen, die das tun, die Verführer, die hasse ich, auch diesen bedeutungslosen Narren, der Lucia beschläft, während das Feuer golden, später rosa, zuletzt in der schwarzen Asche verglimmt. Ja, natürlich kann ich das sehen. Das allsehende Auge des Niemand, der ein Märchen schreibt, ist das mißgebildetste Auge, das es gibt, und es sieht auch, daß trotz der geringen

Entfernung, die Kai und Lucia noch voneinander trennt, jede der beiden verlorenen Hälften des vollkommenen Paares unter einem anderen Regime lebt, das im Widerspruch steht zu dem, was man Liebe nennt.

23

Eines Morgens wurde Kai wach im Bewußtsein, daß es geschneit hatte. Er wußte es, ohne etwas zu sehen, er hörte es in dem, was er nicht hörte. Schnee dämpft, ein Tuch liegt über der Erde. Er stand auf und ging ans Fenster. Die beiden Krähen, die er schon öfter gesehen hatte, flogen in merkwürdigen Kurven durch die Luft, als schrieben sie Buchstaben. Es fielen schwere Flocken, die alles bedeckten. Das ist nicht mein Land, dachte er und erschrak, weil ihm bewußt wurde, daß er seit langer Zeit so etwas nicht mehr gedacht hatte. Er kniff das schmerzende Auge ganz zu, das andere halb und sah den Schnee wie einen gefährlichen, glitzernden Panzer, der eine tote, stille Welt bedeckte, in der er nicht zu Hause war. Die Krähen ließen sich auf der Fensterbank nieder und wurden vor seinem zugekniffenen Auge zwei schwarze glänzende Punkte. Er klopfte an die Scheibe, aber sie flogen nicht weg.

Er wusch sich und ging aus dem Zimmer. Im Gemeinschaftsraum lungerten wie üblich ein paar Männer herum, die er nicht kannte, obwohl er das so genau nicht wußte, denn ein Ausdruck der Gleichgültigkeit und erstarrten Wut zeigte sich auf allen Gesichtern, so daß sie einander trotz der Verschiedenheit ähnlich sahen. Sie schienen, auch wenn Ulrich nicht da war, einer für Kai unklaren Hierarchie zu gehorchen, die wie im Tierreich mit Gewalt erkämpft sein mußte. Gewalt war das Element, in dem sie zu Hause waren, ihre Bewegungen, Blicke, Stimmen sprachen von Gewalt, es war die Norm ihres Lebens. Er sah, wie manche ihn musterten, fühlte den Spott. Der Schnee hatte etwas in ihm angerührt, was bisher schlummerte. Ihre Stimmen klangen erregter als sonst.

In dem Moment, als er hinausgehen wollte, hörte er Floris' Stimme aus einem Nebenzimmer und dann, hart und nördlich, die eines Unbekannten. Kai verlangsamte seinen Schritt, um besser hören zu können, doch er verstand nur, daß einer, von dessen Schutz sie abhängig waren, nicht mehr mitmachte oder ausgeschaltet war und es nicht mehr lange dauern werde bis . . . , und dann wurde geflüstert. Das Flüstern aus Knabenbüchern, das auch im wirklichen Leben existiert. Das wirkliche Leben?

Die Stimmen kamen näher, und er lief weiter, hinaus in die Gärten, die in einen Wald übergingen, der noch zu dem umzäunten Grundstück gehörte. Er war da schon öfter herumgelaufen, aber wegen des hohen Schnees wußte er nicht genau, wohin er ging, und kam zu einer Stelle, die er nicht wiedererkannte. Der Schnee fiel auf seine Kleidung und sein Haar, und er merkte es kaum. In seinem verwirrten Kopf versuchte er, einen Gedanken zu fassen, jedoch in seinem Gehirn schneite es auch, er konnte nur an eine weiße, eisige Frau denken, die alle anderen Gedanken aus ihm vertrieben hatte. Der Wald wurde tiefer, geheimnisvoller. Große Kiefern standen wie erfrorene Wächter zu beiden Seiten dessen, was ein Pfad sein mußte. Er suchte etwas, wußte nur nicht was. Nach einer Weile sah er hinter einem bizarren Wall aus Sträuchern ein niedriges Gebäude, das an eine hohe

Mauer gebaut war. Er blieb davor stehen und streckte seine Hand nach der Tür aus.
Es kam fast gleichzeitig: das hohe bösartige Geschnatter der Gänse und der Schlag, der ihn zu Boden streckte. Er erinnerte sich später nur noch an die harten Schnäbel der Gänse, die ihn überall bissen, als er auf der Erde lag, und daß ihm das nichts ausmachte, weil durch den Schlag der Schmutz, der Splitter, die Scherbe, die er die ganze Zeit im Auge gespürt hatte, mit einem Mal verschwunden war.

24

»Es ist Zeit.«
Lucia hörte diese Worte ganz deutlich. Sie sah Anna in der Türöffnung des Zeltes stehen, sah die Schneeflocken auf ihren Schultern und betrachtete den Mann mit dem goldfarbenen Bart, der neben ihr schlief. Er lachte im Schlaf, er träumte von einem Schrecken, der ihm keine Angst einjagte. Er besaß die Schlüssel des Himmelreiches, ihm konnte nichts geschehen. Sein honecseim würde er nicht vermissen, alle Frauen gehörten ihm, wie er allen Frauen gehörte. Gemeinsam waren sie mit dem Rest der Natur Teil des Übersinnlichen und damit der Gottheit selbst, also konnte nichts schiefgehen.
Die Frage, wofür es Zeit wäre, kam Lucia nicht in den Sinn. Anna, in deren Bewegungen sich immer der Clown zu erkennen gab, der sich selbst Hindernisse schafft, die er dann nicht überwinden kann, hatte es mit der gleichen Bestimmtheit gesagt, mit der man an die Tür der Garderobe klopft, um mitzuteilen, es sei Zeit für den Auftritt.
Das Angenehme an Märchen ist, dachte Anna, die in diesem Augenblick nach dem Andersen-Gesetz hätte explodieren müssen, daß alles, im Gegensatz zur Wirklichkeit, vom Ende diktiert wird. Dadurch erhielt man nicht nur einen einfacheren Charakter als gewöhnliche Leute, man brauchte sich auch nicht an der zähen Logik zu stören, die den Hauptpersonen eines Romans

das Leben so schwer macht. Das ersparte viel Zweifeln und mißmutiges Grübeln. Darüber hinaus, weil Märchen nun mal mit der *Idee* ihres Endes anfangen, haben sie oft auch eine brisante Chronologie, und das gefiel ihr. Eine Situation, die genauso gut unendlich hätte dauern können, wird durch das Diktat des Ausgangs auf die brutalste und launischste Art abgebrochen: die meisten Märchen sind ja nicht länger als ein paar Seiten. Daß in diesen hermetischen Kreisen eine ganz eigene Relativitätstheorie entstehen konnte, deren Folge unter anderem war, daß Tiere und Kerzen sprechen konnten, erscheint seltsam, ist es aber nicht. Das Märchen ist eine Provinz des Reiches der Phantasie, und da läuft eben alles anders, man könnte es mit einem Schnellkochtopf vergleichen. Die Anhäufung einer großen Zeitmenge in einem so beschränkten Rahmen verzerrt das Geräusch im Maul des Tieres (und bei extremen Temperaturen geschieht das gleiche mit der wachsartigen Stille der Kerze), bis zu der differenzierten Form von Gequake, Gezwitscher, Gebrüll und Gemuhe, die wir, hochmütig wie wir sind, Sprache nennen und in der Regel, das heißt, wenn unsere Erzählungen mit unserem Leben synchron laufen, uns selbst vorbehalten. Doch läßt sich auf diese Art freilich auch verteidigen, daß der Roman mit knapper Not den sprechenden Tieren entkommen ist. Wer tatsächlich das Lebensdrama einer Person aufschreiben wollte, müßte einen Roman schreiben, der so lang ist wie das Leben selbst. Es hat sich gezeigt, daß so etwas unmöglich ist. Durch die notwendige Raffung, die in Romanen stattfindet, können Menschen mit einem absoluten Gehör merken, daß die Tonhöhe dessen, was in Romanen gesagt wird, häufig nicht mit der Wirklichkeit übereinstimmt. Ist es dennoch so, hat man es oft mit einem schlechten Roman zu tun. Im Märchen wird die Geschichte noch einmal eingekocht, was zur Folge hat, daß man hören kann, wie die Tiere sprechen. Die richtige Formel für den Effekt dieser Beschleunigung läßt sich schwer angeben, weil man auch die anderen Eigenschaften der Wölfe, Seejungfrauen, Kerzen und Rentiere mit einbeziehen müßte. Daß es etwas mit einem intensivierten Zeitablauf zu tun hat, ist klar. Würde man die Figuren auch noch mit einer vertrackten Psychologie ausstatten oder sie über sich selbst nachdenken lassen, dann wären die Personen im Märchen wahrscheinlich gänzlich unhörbar oder, falls man sie lesen möchte, unleserlich. Das Letztere ist natürlich wörtlich gemeint.

In der ganzen Zeit, da Anna das denkt oder zum Teil denkt, denn ich bin ja auch noch da, und gleichzeitig mit Lucia dem verschneiten Waldweg folgt, hat sie wahnsinnige Kopfschmerzen. Lucia nicht, der Schnee macht sie fröhlich. Sie sollte an diesem Tag noch dreimal an den Mann denken, der lieben konnte wie eine Wolke, und von dem sie ein Barthaar wie einen Kalender um den Finger wickeln konnte, und in der folgenden Woche noch zweimal, und danach jedes Jahr einmal, ohne genau zu wissen, warum.

»Werden wir Kai jetzt suchen?« fragte sie Anna, die das Auto unter seiner molligen, aufs Doppelte gewachsenen Form aus Schnee hervorholte.

»Heute noch wirst du ihm gegenüberstehen«, wollte Anna sagen, statt dessen pfiff sie eine Melodie. Erstens hatte das Wort heute keine Bedeutung und zweitens ähnelte der ganze Satz etwas bereits Geschriebenem.

Sie war weniger erstaunt darüber, daß Lucia den Faden so einfach wieder aufnahm, als vielmehr über die Anzahl der Seiten, die sie in ihrem Alter unter dieser lüsternen Menge hatte verbringen müssen. Märchenfigur und gleichzeitig Komplizin des Dichters, das ist eine unmögliche Position. Doch sie war klug, liebte Lucia und die vorbildliche Unschuld, mit der diese ihr sinnliches Abenteuer genossen hatte.
Weil Lucia schon vollendet schön war, konnte da nichts mehr hinzukommen, und dennoch schien es, als hätte sich der Glanz ihrer jungen Freundin noch verstärkt. Sie tanzte ums Auto herum, Schneekristalle wie Funken im Haar, und warf den gelben Ball, der, wie Anna manchmal dachte, ihr bester Freund war, hoch in die Luft. Das Auto sprang sofort an.

25

Kai war im selben Augenblick glücklich und unglücklich zugleich. Unglücklich, weil der Gedanke etwas Bedrohliches hat, eine Zeitlang ein anderer gewesen zu sein, glücklich, weil es damit vorbei war.
Die Hände waren ihm auf den Rücken gefesselt; er lag in einem dunklen Verschlag und dachte die ganze Zeit an Lucia. Die ganze Zeit, so nennen wir einen kleinen Teil, den wir von der wahren ganzen Zeit abbrechen. Der Gedanke an sie erfüllte ihn, weil sie ihm fehlte. Es ging nicht so sehr darum, daß sie nicht da war, nein, sie fehlte ihm. *Wederhelft*, das Wort ist so schön im Niederländischen. Dieses Buch handelt vom Lesen. Er dachte an sie, doch das half nichts. Die andere Hälfte, die fehlt, wir sind wieder bei Platon. Schreiben besteht darin, das Geschriebene umzugruppieren, da sind immer hundert Schriftsteller, die einem die Hand führen, ob man es wahrhaben will oder nicht. Daran ist nichts zu ändern. Wenn man über den Dingen steht, läßt man sich das nicht anmerken; was ich mache, ist Angestellten-Arbeit.
Der Begriff der ›anderen Hälfte‹ ist ohne Platon undenkbar. Kai denkt nicht daran. Er hat Kummer oder Schmerzen, den Schmerz des Entbehrens, denselben Schmerz, den sie jetzt auch langsam spürt. Doch er denkt nicht nach über den Schmerz, er ist der Schmerz. Hat ein Tier Kummer? Nein, ein Tier ist selbst Kum-

mer. Nicht immer, aber in dem Augenblick, in dem wir sagen würden, daß es Kummer hat. Ein Mensch hat Angst, ein Tier ist Angst. Wenn ich sage, daß er über Lucia nachdenkt, meine ich, er ist jetzt das Fehlen von Lucia. Sind Märchenfiguren denn wie Tiere? Ich glaube schon, deshalb sind Menschen und Tiere im Märchen auch gleichwertig. Sie können keinen anderen Weg einschlagen, außer dem einen, und deshalb ist reflektieren sinnlos. Er ist der Schmerz, daß sie nicht da ist, und er ist es bis in jede Faser seines Körpers. Der Schmerz in seinem Körper, sein Körper in einem dreckigen Verschlag, der Verschlag in einem Schloß, und das Schloß heimlich in aller Stille umstellt von Polizei, Sondertruppen aus dem Norden, wo eine Regierung beschlossen hat, diese Brutstätte des organisierten Verbrechens in den finsteren südlichen Provinzen auszuräuchern.

All das vollzieht sich in einer Welt, die der Schnee verändert hat, derselbe Schnee, durch den sich Lucia dem Schloß nähert. Sie ahnt nicht, wie nah sie ist, und das ist auch gleichgültig, denn wer sich mit Märchen befaßt weiß, daß da zwar von Ort und Entfernung die Rede ist, daß für Fortkommen und Zeitablauf jedoch andere Regeln gelten. Hat man einmal mit »Es war einmal« angefangen, so hat man damit eine außerzeitliche und außerterritoriale Wirklichkeit geschaffen, in der alles möglich ist. Einen Freiraum. Die Hauptfiguren werden mittels Wildgänsen oder Rentieren befördert, nur das Ergebnis zählt.

Und das, ich habe es bereits gesagt, steht fest. In Romanen ist es anders. Da ist sogar nach dem Schluß der Schluß noch diskutabel. Darum kann der Liebhaber in einem Roman über Platon nachdenken. Während Lucia im Schnee hinter Anna herstapft und Kai versucht, die Stricke, mit denen er gefesselt ist, an einem scharfen Stein in seinem Verschlag durchzuwetzen, betrachten wir zwei Romane, in denen das geschieht. In beiden denkt die Hauptfigur eine kurze Weile an Platons ›Gastmahl‹. Wir sitzen jetzt zu fünft in meinem Klassenzimmer. Platon, Kundera, d'Ors, Andersen und ich. Andersen mag mich nicht, das ist begreiflich. Ich durchbreche all seine Regeln, ich bin ein denaturierter Autor. Ist auch so. Tomas in der *Unerträglichen Leichtigkeit des Seins* von Kundera denkt an den berühmten Mythos aus Platons ›Gastmahl‹: »Zunächst waren die Menschen Hermaphroditen, und dann spaltete Gott sie in zwei Hälften, die seither in der Welt umherirren und einander suchen. Die Liebe ist die Sehnsucht nach der verlorenen Hälfte. Nehmen wir an, es sei so, daß jeder von uns irgendwo auf der Welt einen Partner besitzt, mit dem er einst einen einzigen Körper gebildet hat.« Für Tomas ist das nicht die Frau, mit der er zusammenlebt und die er liebt, Teresa. Es ist jemand anders, ein Mädchen, von dem er geträumt hat. Was würde geschehen, wenn er sie fände? Würde er Teresa im Stich lassen? Nein, das täte er nicht. Wenn er je die geträumte andere Hälfte finden würde, er würde sie fliehen und bei der Frau bleiben, die nicht die geträumte verlorene Hälfte ist, für die er aber eine Liebe empfindet, »die er nicht ausdrücken kann«.

Wir Spanier lesen tschechische Autoren, doch wer liest spanische Schriftsteller? In *Gualba, sie von den tausend Stimmen* von Eugenio d'Ors denkt »ein Mann von fünfundvierzig« über »den unsterblichen Dialog« von Platon nach. »Platon kennt die Liebe«, denkt der Mann,

»das Suchen und die Tragödie des Suchens. Der Mythos vom ursprünglich einzigartigen Wesen, dem Androgyn, später in zwei Hälften gespalten, die einander suchen, um zusammen eins zu sein, ist voller Licht. Weil aber Platon ein Optimist war, beschreibt er den imaginären Erfolg dieses Suchens, nicht das letztendliche Scheitern. Er schreibt wunderschön über die erste Hälfte des erotischen Prozesses, vergißt jedoch die zweite Hälfte, in der alles mißlingt. Platon ist ein Philosoph und Dichter, er ist kein Liebhaber.«

Kundera und d'Ors schrieben Romane. Platon schrieb einen Mythos auf, den Aristophanes während eines Gastmahls erzählt. Andersen schrieb Märchen. In Romanen wird beschrieben, wie das Leben ist, weil es so sein kann. Im Mythos wird eine unmögliche Antwort auf nicht zu beantwortende Fragen gegeben. Da geschieht, was nie geschieht. Mythen sind Vorbilder, Romane sind Bilder, Märchen sind geliebte Lügen, die Menschen erzählen, die es im fehlgeschlagenen Mythos des Lebens nicht aushalten. Im Mythos leben Menschen ewig. Im Märchen leben sie lange und glücklich. Im Roman beginnt am Ende dieses »lange« der Anfang des Unglücks, meistens schon davor.

Im Mythos wird alles, wie auch immer, gelöst. Im Roman gibt es nie eine Lösung, und im Märchen wird die Lösung hinausgezögert; doch falls sie je eintrifft, geschieht dies nicht mehr im Rahmen des Märchens. Das ist die Lüge.

Ich denke an den Schnee in Lucias Haar, blicke über den leeren Schulhof, der das Licht reflektiert, aus

dem sich meine vier Freunde wie Schemen gelöst haben, und frage mich, woher meine nicht zu bezwingende Lust zu lügen kommt.
»Vom Unglücklichsein«, sagt Andersen, der es wissen mag, »aber du bist nicht unglücklich genug. Darum kannst du es nicht. Es ist nämlich eine Kunst.«
»Warum schreibst du keine Romane«, fragt Kundera, »da kannst du eine Wirklichkeit erlügen.«
»Die Wirklichkeit ist nur ein Schatten«, sagt Platon.
»Wir Spanier konnten noch nie gut mit der Wirklichkeit umgehen«, sagt d'Ors.
»Wirklichkeit ist eher etwas für Niederländer«, murmele ich, doch Platon weiß nicht, was Niederländer sind, und die anderen drei sagen nichts dazu.

26

Nun ist der Nachthimmel klar, es schneit nicht mehr. Rings um das Schwert des Orion ist der Nebel sichtbar, in dem neue Sterne entstehen. Orion ist gefolgt von seinen Hunden, auch im Himmel wird geschrieben. Wir setzen die Zirkelspitze im dunklen Verschlag von Kai an und hören nicht auf das Geschrei in den Gängen und ziehen einen kleinen Kreis. In diesem Kreis befindet sich schon die Polizei, die sich dem Schloß nähert, die Pistolen im Anschlag; außerhalb des Kreises, und noch immer in der Stille des Waldes, befinden sich Anna und Lucia. Anna geht in gerader Linie aufs Schloß zu und Lucia, die das nicht weiß, folgt ihrer breiten Gestalt. Sie hat den Mann mit dem Bart vergessen, sie existiert jetzt nur noch als leere Hälfte von Kai, die wiedergefunden werden muß, weil sie sonst beide nicht leben können. Anna hat eine sonderbare pelzbesetzte Ledermütze auf, wodurch sie einem alten Rentier ähnelt. Sie läuft nicht, sie folgt den beiden Krähen, die ihr hoch oben weit voraus fliegen, und so entsteht der Eindruck, als fliege auch sie, jeder Schritt ist ein Tag. Das Rentier weiß den Weg, manchmal steigt es in die Lüfte, dann sieht Lucia, die auf dem Rücken des Tieres sitzt, die weiße Erde unter sich. Es scheint, als wäre immer Nacht, doch die Nacht ist heller als der Tag, der Schnee schickt das Licht der Sterne zurück. Manchmal träumt Lucia von Räubern, von einem Mädchen mit einem Messer, einer

Stimme, die erzählt, wo sie Kai finden kann. Jedesmal, wenn sie wach wird, ist die Welt noch genauso hell, sie sieht die Bäume bereitstehen wie Soldaten vor der Schlacht, die Äste sind Gewehre, Lanzen, Schwerter, wenn der Morgen anbricht, wird eine Stimme oder eine Trompete den Befehl erteilen, und wenn die Bäume sich dann in Bewegung setzen, wird der Lärm furchterregend sein.
Die Schneekristalle schmerzen in ihren Augen, sie steht wieder auf der Bühne, irgendwo im Saal muß sich Kai befinden, doch die Augenbinde scheint ihre Augen zu versengen, zu blenden, sie kann ihn nicht sehen, sie spürt die Anwesenheit des Publikums, sie hört die Stille, und dann bricht plötzlich, als würde ihr das Unheil ins Gesicht schlagen, von allen Seiten das Schnattern und Fauchen der Gänse um sie herum los. Die Tiere kommen von überall her, die Hälse aufgerichtet wie kerzengerade Stöcke, und am Ende eines jeden Stockes sitzt ein weit aufgerissener, kreischender Schnabel, der beißen will. Jetzt hören sie auch Schüsse. Anna nimmt ihr Geweih ab und schlägt mit den harten Zipfeln aus Leder und Pelz auf die Köpfe ein, bis Blut aus den Augen der Gänse kommt.
In seiner Zelle hört Kai das Schreien und Schießen und dann, näher, schnelle Schritte im gefliesten Gang und jemand, der den Schlüssel umdreht. Es ist Ulrich. Er schneidet die Fesseln durch und sagt: »Flieh, hier ist es zu Ende. Sag keinem, daß ich dich befreit habe. Paß auf, daß du nicht erwischt wirst.«
»Und du?«
»Ich komme schon zurecht.«
Er stößt Kai auf den Gang hinaus und ist selbst ver-

schwunden. Kai läuft den Gang hinunter, hört eine nördliche Stimme rufen »hierher, hierher«, und das Geräusch von Stiefeln. Er weiß, daß er diesen Teil des Schlosses nicht kennt, doch er entfernt sich von Lärm und Schüssen, klettert eine Wendeltreppe hinauf und erreicht eine offene Säulengalerie, die um einen quadratischen Innenhof läuft, den er nie zuvor gesehen hat. Als er über diesen Hof laufen will, sieht er plötzlich die Schneekönigin. Hinter ihr steht Floris.

»Das Wild flieht, Floris«, sagt sie mit derselben Stimme wie immer, einer Stimme aus Glas und Eis. Kai sieht, wie Floris auf ihn zielt, und weiß, daß er nicht fliehen kann, und steht so still, als sei er noch einmal, und nun zum letzten Mal, zu Eis erstarrt; doch dann hört er eine Stimme, die mit unvorstellbarer Ruhe und, so denkt er später, wohlklingend »nein« sagt, »nein, tu's nicht«, und dann erblickt er eine dicke alte Frau, die er nie zuvor gesehen hat, und hinter ihr Lucia, die ihm ihre Hand entgegenstreckt, den Mund geöffnet, als wolle sie etwas rufen. Doch dann hallt der ihm zugedachte Schuß, und die alte Frau fällt leise wie ein großes Tier in den Schnee, der sich langsam rötet.

Wieder knallt ein Schuß und noch einer, aber er weiß nicht, wer geschossen hat, denn er hört es hinter sich und sieht, wie Floris kriechend und stolpernd zu fliehen versucht, während er mit den Händen an seine blutige Kehle faßt, dann aber sieht er die Frau, die nicht blutet und ihn anblickt, als verspotte, verhöhne, verlache sie ihn, und sie, mit der gefrorenen Maske des Lachens auf dem Gesicht, fällt vornüber, zerbricht, rollt sich ein, zerfällt, berührt den Boden, kippt um und liegt im Schnee wie eine zerbrochene Puppe, nicht weit von der anderen, älteren Frau. Ihre Augen sind geöffnet, aber sie sieht nichts mehr. Während sich schnelle Schritte hinter ihm entfernen, geht er auf sie zu und schaut, doch auch jetzt ist in diesen Augen nichts zu sehen als eine unendliche Tiefe aus Glas und Eis, in der jeder, der sich hineinwagte, für immer erstarren müßte. Er bückt sich, um diese Augen zu schließen, und als er das tut, sieht er in einem Auge eine Träne wie ein Diamant, hart und geschliffen. Er legt seine Finger auf die Augenlider, die sich nicht schließen lassen, und hört einen Seufzer, der noch immer wie Hohn klingt, und Hohn ist es auch, mit dem die Tote ihn ansieht, aber nun ist es der Hohn der Abwesenheit. Wir sind versibbet, hatte die Frau zu ihm gesagt, aber es war nicht wahr. Sie war nie mit jemandem versippt, und sie scheint immer noch dieselbe zu sein. Er muß fort, bevor sie aufsteht. Er geht auf Lucia zu, löst ihre Finger einzeln aus den Händen der anderen Toten, die in ihrem Bett aus Blut und Schnee schläft wie ein Kind. Das Schießen hat aufgehört. Er umarmt sie. Ehe die Polizisten, die sich jetzt von allen Seiten nähern, den Innenhof erreicht haben, sind sie beide geräuschlos verschwunden. Die Toten bleiben zurück, als hätten sie schon immer so dagelegen, im Schnee, der die Sterne reflektiert.

27

Für das, was nun folgt, kann ich mich nur schämen, und sei es bloß wegen meines Alters. Denn Männer meines Alters sitzen nachts nicht in leeren Klassenzimmern. Ich hatte die letzten Sätze aufgeschrieben und mich danach mühsam aus der Bank gequält. Auf einmal überkam mich die Vorstellung, die Ferien seien vorbei, eine grölende Klasse stürme herein und finde mich hier als Eindringling vor, wie einer, der durch das Wachstum seiner Knochen, durch das überall obszöne Anschwellen seines Fleisches, durch das Haar, das aus seinem Gesicht wächst, und den Gestank der Ducados das Recht verloren hat, sich im Territorium der Kinder aufzuhalten, es aber trotzdem will, ein Schänder.

Sie würden hereinkommen und mich als einen schon vom Alter Infizierten entlarven, der vielleicht schon ein bißchen nach Tod riecht und der dennoch, oder vielleicht gerade deshalb, in einer Welt leben will, in der die gemeinen Regeln der Älteren noch nicht gelten, in der das Dasein noch keine Geschichte ist, die stimmt, eine Welt, in der alles noch geschehen muß, und die, weil es sich noch nicht ereignet hat, noch alle Formen annehmen kann, ganz einfach, weil sie noch nicht wie die meine fertig war.

Sie würden grölend hereinstürzen, mich mit meinem viel zu großen, vollgeschriebenen Schulheft sehen, das mir niemand abverlangt hat, sie würden den Betrug, die

Lüge wittern und auf einmal ganz still werden, all die klaren Augen würden mich mit der Abneigung ansehen, die das Unmögliche nun einmal hervorruft. Sie würden nicht einmal lachen, sie würden langsam hinausgehen und einen anderen Erwachsenen holen, einen aus meiner eigenen, entschiedenen Welt, wo sich niemand abends an dein Bett setzt, um dir eine Geschichte zu erzählen, wenn du darum bittest, wo niemand einfach so eine Sonne malt mit viel zu langen Strahlen über einem Berg, der kleiner ist als das Haus, das danebensteht.

Ich pfiff vor mich hin, aber es hatte keinen Klang. Dann schaute ich hinaus und sah, was ich den ganzen Monat über hätte sehen können, aber nie gesehen habe, ein Himmel-und-Hölle-Spiel, eine mit Kreide auf den Boden gemalte Figur aus Vierecken, die beziffert sind, quer und dann wieder längs, von denen ich immer meine, daß sie in primitiver Weise das Schicksal darstellen. Man legt eine Strecke zurück und etwas geht gut oder schlecht, so ähnlich ist das. Knaben spielen es nicht, zumindest kann ich mich nicht erinnern, es je gesehen zu haben. Irgendein Mensch an einer Universität hat zweifellos eine Studie über das Himmel-und-Hölle-Spiel geschrieben und einen Zusammenhang mit Initiationsriten, der Kabbala oder Gott weiß was gefunden. Doch das beschäftigte mich jetzt nicht, denn ich spürte ein dummes und unbezwingbares Verlangen zu hüpfen.

Zunächst wollte ich es unterdrücken, aber schließlich war es drei Uhr nachts, und auf dem Schulhof konnte mich keiner sehen. Ich ging hinaus, schaute mir die Felder an und merkte, daß ich nicht mehr wußte, wie es ging, was mich jedoch nicht davon abhielt.

Auf einmal sprang ich, so wie man zu Beginn der Saison erstmals ins Meer springt, auf einem Bein ins erste Feld und glitt mit einem kleinen Sprung ins nächste Feld hinein. Ich wußte nicht, was ich tat, doch ich war glücklich. Die Nacht war klar, die Uhr schlug drei, und Alfonso Tiburón de Mendoza hüpfte auf dem Schulhof. Wenn zwei Felder nebeneinander lagen, sprang ich mit einem genauso anmutigen Sprung, wie ich es bei den kleinen Mädchen auf der Straße gesehen hatte, mit gespreizten Beinen hinein und hüpfte auf einem Bein weiter. Ich kannte den Sinn der Sache nicht, doch ich war glücklich, weil ich so hüpfend das Gefühl hatte, noch immer an meiner Geschichte zu schreiben, die drinnen fertig auf dem Tisch lag, das lächerliche Kuckucksei, das ich ins Nest von mindestens zehn Vögeln gleichzeitig gelegt hatte. Erst als ich ganz außer Atem war, hörte ich auf und setzte mich auf den Boden, wie ich das früher getan hatte, als ich meinen Kopf noch am Fenstersims aus Quadersteinen reiben konnte. Das ging heute nicht mehr, doch das kümmerte mich jetzt nicht. Der Mond war über das Dach der Schule gestiegen, und in den Himmel spähend sah ich Orion, meinen Lieblingsstern, gefolgt von Sirius, meinem Lieblingshund. Ein weißer Lichtfleck lag auf dem strengen Viereck des Spielplatzes, als hätte es geschneit; sonst war nichts zu sehen. Und da saß ich noch lange und glücklich.

Es Consell, Sant Lluis, 11. August 1984

Let be be finale of seem.
The only emperor is the emperor of ice cream.

Wallace Stevens

Cees Nooteboom
Rituale. Roman
Aus dem Niederländischen von Hans Herrfurth
1985

»Cees Nooteboom, der 1933 geboren wurde, erhielt für *Rituale* zwei angesehene niederländische Literaturpreise und in den USA den Preis für das beste ausländische Buch. Der Autor, der u.a. Jorge Luis Borges, Hans Magnus Enzensberger, Cesare Pavese und Brendan Behan übersetzt hat, beschreibt so vital wie gescheit, mit einer eleganten Beiläufigkeit Begegnungen und Beziehungen von Menschen und von Menschen mit Dingen. Kein noch so geistreicher Einfall läuft ihm davon, er pariert scharf durch, ist ein Meister der unsichtbaren Hilfen.«
Petra Höhne, Frankfurter Rundschau

»Der befreiende Witz, der von den Schrecken dieses Romans ausgeht, liegt nicht so sehr in der Mitteilung über die Begrenztheit bürgerlichen Selbstbewußtseins, so komisch der Autor diese Einbildung auch darstellt. Was den Spaß ausmacht, ist die Nonchalance, mit der er eine Zeitstimmung beschreibt, die in der Gegenwartsliteratur in den meisten Fällen als permanente Katastrophenklage für künstliche Aufregung sorgt ... Der provokante Ton, mit dem er auf die Visionen des Weltuntergangs antwortet, ist hierzulande ungewohnt.«
Agnes Hüfner, Frankfurter Allgemeine Zeitung